「君との結婚期間は
今日から一年間、
いわゆる契約結婚だ」
「はい！
承知いたしました！」
意気揚々と返事をしたのは、
銀髪にアイスブルーの瞳が印象的な
ソフィア・エリオン男爵令嬢、
十八歳である。

トミー・エリオン
ソフィアの父。魔法使いの名門家
としても知られる
エリオン家の当主。
マヤ・エリオン
トミーの妻であり、ソフィアの母。
ソフィア・グラッセ
ジークハルトと一年限りの契約結婚を
することになったエリオン男爵家の令嬢。
自身の〝お飾り妻〟としての役割を
まっとうしようとする。

ジークハルト・グラッセ
グラッセ公爵家の主人。
冷徹な性格で知られるが、
ソフィアとの出会いにより
少しずつソフィアに
抱く感情が変わっていく。
トーマス・エドワード
グラッセ公爵家の家令。公爵家の
管理等の補佐業務を行う。
テレサ・アローズ
グラッセ公爵家で働く
ソフィア専属の侍女。

微笑むソフィアに対して、
ジークハルトはこれまで感じたことのないような気持ちを
抱いていることに気づいた。
――ああ、俺はきっと彼女にたまらなく
惹かれているんだ。

1年間
お飾り妻のお役目を全力で果たします！
冷徹公爵様との
契約結婚、無自覚に
有能ぶりを発揮したら
溺愛されました
!?
清川和泉
Illustrator
藍原ナツキ

Contents

イラスト：藍原ナツキ
デザイン： 山田和香＋ベイブリッジ・スタジオ

第一章　お飾り妻のお役目を全力で果たします！

「君との結婚期間は今日から一年間、いわゆる契約結婚だ。私が君を愛することはないだろう。寝室も分けるつもりだ。だが、君の実家にはすでに多額の支度金を支払っており、君に拒否権は一切ない」

一息にそう言い放ったのはジークハルト・グラッセ公爵。

一年ほど前に先代の父親から爵位を受け継いだ現在二十六歳である彼は、艶のある黒髪に涼しげな目元、ダークブラウンの瞳をしており、それは彼の端整な顔をより引き立てている。

社交界では令嬢や貴婦人方から一方的に熱い視線を向けられていると噂のジークハルトから、本来ならばとってもよろしくない言葉の数々を浴びせられたのだが、執務机の前に立つ彼の妻となる予定の女性はなぜかニッコリと微笑んだ。

「はい！　承知いたしました！」

意気揚々と返事をしたのは、銀髪にアイスブルーの瞳が印象的なソフィア・エリオン男爵令嬢、十八歳である。

彼女は、遠路はるばる嫁入りのために、一週間ほどかけて実家からこちらの公爵家の屋敷まで赴き、先ほど到着したばかりだというのに、いざ夫となる人物との顔合わせに臨んだら冒頭のセリフを言われたというわけである。

それなのにソフィアは傷ついた様子一つなく、非常にあっけらかんとしている。

その様子に冷徹と評判のジークハルトは目を瞬(まばた)かせた。

「……本当によいのか」

「はい！　一向に構いません！」

「そうか。……やはり聞いていたとおり、君にはすでに何人もの男がいるのだな」

どこか侮蔑を含む視線を向けるジークハルトに対して、ソフィアは慌てて首を横に振った。

「い、いえいえいえ、そ、そんな、今まで殿方と、いえ、人とまともに会話すらしたことのないわたくしが、そんなはずはありません！」

「……人と会話をしたことがない？　そんなことがありえるのか？」

「はいっ！　ですので、今わたくしはとっても緊張をしているのですが、公爵様がわたくしと進んでお話をしようとしてくださったお陰で、こうして無事に会話をすることができております！　公爵様、わたくしと会話をしてくださってありがとうございます！」

ジークハルトは唖然(あぜん)としたあと、額に手を当てた。

「いや……、人と会話をしたことがないというわりには、円滑に話すことができていると思うが」

「そうでございますか⁉」

ソフィアは、表情をパッと明るくしてから微笑んだ。

「それはもう、この日のためにこれまで日々空想をしてイメージトレーニングを積んだ賜物(たまもの)です！

安心いたしました！」

「イ、イメージトレーニング？」

何のことか分からないといった様子のジークハルトをよそに、ソフィアは目を輝かせる。

「わたくし、これから一年間公爵様のために、いえ、グラッセ公爵家のために精一杯、お飾り妻として励んでいきたいと思います！　よろしくお願いいたします！」

「あ、ああ」

再び意気揚々と高らかに宣言をしたソフィアに、少々押され気味のジークハルト。

こうして、二人の契約結婚生活は幕を開けたのだった。

銀髪の令嬢ソフィアは、エリオン男爵家の次女として生まれた。

エリオン男爵家は先祖代々このロジット王国で魔法使いを輩出してきた名家であり、彼女の姉や弟は莫大（ばくだい）な魔力を持って生まれたのだが、なぜかソフィアは全く魔力を持ち合わせていなかった。

そのために、魔力至高主義のソフィアの両親は彼女の誕生をまるでなかったことにしたのだ。

なので、両親は姉と弟を溺愛したが、ソフィアのことは一切拒絶し、会話すらしなかった。

周囲の侍女や乳母（うば）ですら彼女が物心ついた頃からまともに会話をしてくれなかったし、これまで通っていた地元の貴族アカデミーでも姉の根回しのせいで友達一人できずに寂しい学園生活を送ったのだ。

ちなみに、姉は魔法科の生徒であり、ソフィアは普通科だったのだが、この国では魔法使いの権力が強く、魔法科の、それも魔法使いの名門家の令嬢が普通科で魔力なしのソフィアについて悪い噂を流すなど造作もないことであった。

　また、ソフィアは両親の圧力で元々希望をしていた王宮女官の試験を受けることができず、卒業後も実家で待機をしているようにと命じられていたのである。

　そして、ソフィアがアカデミーを卒業してから数日後。

　実家の執務室に呼び出され、父親から一方的にグラッセ公爵家に嫁げと言われた時も、ソフィアからの質問には一切応じてもらえず、話が終わると彼女はすぐに退室させられたのだった。

『あの、皆さん。今まで本当にお世話になりました！　どうぞお元気で』

『ん？　今、誰か何か言ったかしら？』

『いいえ？　何も聞こえなかったわよ。この家には魔力がない子供なんて最初からいなかったの』

（お母様、お姉様……）

　そうして、ソフィアは家族や使用人たちの誰一人からも見送られることなく、グラッセ公爵家へと旅立っていったのだった。


　それからソフィアは、ジークハルトとの正式な婚姻書類と離縁書類にサインをし、その作業を終えると、即刻退室するようにと彼から促されたので辞去した。

　ちなみに婚姻書類は本日、離縁書類は約一年後に、それぞれ貴族院へ提出するとのことだった。

（これから、お飾り妻として励まなければ！　ですが、今からどちらへ向かえばよろしいのでしょうか？）

　そう思っていると、グラッセ公爵家の家令と侍女が素早くソフィアに近づき一礼をした。

「それでは奥様。奥様のお部屋の準備は整っておりますので、よろしければこれからご案内をいたします」

「ありがとうございます！　よろしくお願いいたします！」

　そうして、ソフィアは意気揚々と一歩を踏み出したのだった。

「こ、ここが、わたくしのお部屋ですか⁉」

　ソフィアは、これまで実家では私室という名の屋根裏部屋を割り当てられていて、その部屋には必要最低限の家具のみしか備え付けられておらず、花ひとつ飾っていなかった。

　だが、案内された部屋の調度品はマホガニーで統一されていて、小花柄のソファはとても可愛らしい。

　中央のテーブルには薔薇やかすみ草、季節の花々が豪華な花瓶に生けられていた。

「こちらの家具は……もしや、お飾り妻であるわたくしが使用してもよろしいのでしょうか⁉　なんて素敵なお部屋なのでしょう！　ありがとうございます！」

　思わず感極まって訊いてしまったが、家令と侍女に自分がお飾り妻だということを話してもよかったのだろうかとソフィアは気づく。

ただ、彼らはソフィアをこの部屋に案内した時点で事情を知っていると推測できるので、おそらく問題はないだろうと彼女は考えた。

その思惑は当たったのか、彼らは特に動じる様子はなく淡々としている。

家令のトーマス・エドワードはスラッとしていて高身長であり、五十代ほどの男性だ。

ソフィアは、彼のブロンドと家令専用の黒色の衣服がとてもよく似合っていると思った。

「はい、左様でございます。……ただ、奥様」

「は、はい！」

「奥様のお立場に関することは、この屋敷の一部の使用人は心得ているのですが、皆には契約期間中はあくまでも奥様として接するように指示をしておりますので、奥様もそのようにご承知おきくださいますようお願いいたします」

「は、はい。失礼いたしました。今後気をつけます！」

「こちらこそ、差し出がましいことを申し上げました。お許しください」

「い、いえ。お顔をお上げください！」

慌てて顔を上げるように促すソフィアに対して、トーマスはスッと姿勢を正した。

「それでは奥様。私はこれで失礼いたします」

「はい、ありがとうございます！」

家令のトーマスが去ると、室内にはソフィアと侍女のテレサのみが残った。

テレサは、赤みがかった栗色の髪を頭の後ろで綺麗にまとめた清潔感のある女性である。

年齢は、十八歳のソフィアよりも少し上だろうか。

「奥様。わたくしは本日から奥様の専属侍女となりますテレサ・アローズと申します。これから、どうぞよろしくお願いいたします」

そう言って、両方の手でお仕着せのスカートをつまみ、綺麗な姿勢で膝を折りカーテシーをする彼女に、ソフィアは目を輝かせた。

同年代の女性に話しかけてもらうことなど、生まれて初めてではないだろうか。

胸が熱くなり、目の奥がツンとした。

「わたくしはソフィア・エリオンです。こちらこそ、どうぞこれからよろしくお願いいたします」

ソフィアもカーテシーをして応えた。

テレサのカーテシーと比べても綺麗な姿勢で、問題なく見える。

「それでは奥様。これからお茶を淹れる用意をして参りますので、一度失礼いたします」

「は、はい。ありがとうございます！」

ソフィアは高鳴る鼓動を抑えながら、テレサを見送った。

部屋に一人になり冷静になってきたからか、ソフィアの脳裏にあることが過る。

それは、ソフィアが貴族アカデミーに通っていたとき、講師とは会話をしていたということだ。

「はっ！　今まで人と会話をしたことがないとは、誇張表現だったでしょうか？　先生方は質問をすればきちんと返してくださいましたし、そのおかげで様々な知識やマナーを身につけることがで

きました」

そう思うと感慨深くなるのだが、同時に憂いも心中に湧き上がる。

「けれど、先生方はわたくしが雑談しようとすると、そそくさと職員室へとお戻りになり、あまり会話をすることができなかったのですよね。公爵様はあのようなことを仰っておられましたが、何かご事情がおありのようですし、目を逸らさずに真っ直ぐにお話をしてくださったので無事に会話をすることが叶いました」

これまでは、自分とまともに会話をしてくれる人がいなかったので、会話をしてくれたことが嬉しかった。しかし同時に「ソフィアが複数の男性と交際している」と思い込んでいたことが気にかかった。

おそらく父親が何かを吹き込んだのだろうが、ジークハルトがそれに嫌悪を示したことと今回の契約結婚とは何らかの関係性があるのだろう。

ともかく気を落ち着けようと、ソフィアは手持ちの小さめなトランク一つを開いて新生活の準備を始めた。

ちなみに先ほどジークハルトから聞いた話によると、二人の結婚式は行わず、代わりに親戚の顔合わせを兼ねた食事会を開く予定だそうだ。

「お食事会……。早速お飾り妻のお役目ですね！　張り切って準備をしなければ！」

ソフィアは、自分がお飾り妻になれと指示されたことに関しては、正直なところ全く驚いていなかった。

そもそも、この結婚話自体が架空のもので、父親が体よく自分を屋敷から追い出すために芝居を打ったのではと思っていたぐらいだからだ。

大体、実家での両親の仕打ちからして、とても自分に良縁なんて回すわけがない。良縁があったら真っ先に姉に回すだろう。

なので、正直なところ自分は娼館に送られるか街に置き去りにされるか、もしくは醜聞を避ける両親なので、どこかの貴族の後妻にされるかだと思っていた。

お飾り妻は予想外だったが、ともかく一時的であるとはいえ好待遇のようなのでソフィアはホッと胸を撫で下ろした。

ただ、期間限定の身分であるので、その後の生活のことも考えなければならない。

「あわよくば、どこかの貴族のお屋敷に住み込みで働くことができればよいのですが……、それか給仕の仕事を覚えて街のどこかの食堂などで雇ってもらえないでしょうか」

そう思うと、ソフィアはお飾りといえど色々とやることはありそうだと胸を躍らせたのだった。

ソフィアは、ジークハルトについては冷徹であまり社交界には顔を出さない公爵であるという話を、実家の屋敷のメイドたちがしていたのをかろうじて聞いたことがあるくらいだった。

また、たまにジークハルトが夜会に顔を出した際には彼の周囲に人だかりができて、貴婦人方がこぞって押し寄せるとも聞いた。

ともかく、このグラッセ公爵家がどれほどの規模の領地を持っているのか、またどんな事業を行っているのか等は今の時点では把握できていない。

というのも、ソフィアは実家やアカデミーではほとんど自由に動くことができなかったために、情報の入手に限界があったからである。

「ご飯が、とっても美味(おい)しいです！」

今朝のメニューはスクランブルエッグにベーコン、シャキシャキレタスとトマトのサラダ、ポタージュと焼きたてのパンである。

スクランブルエッグはとても芳醇(ほうじゅん)な香りと味で、カリカリに焼けたベーコンがそれを際立たせてくれている。

また、サラダのドレッシングは油がよいのかすっきりと後味がよくてとても美味しい。

加えて、サラダに載ったクルトンはカリカリで食感がよく、バターの風味がほどよく感じられてよいアクセントとなっている。

ソフィアは屋敷に到着した昨日からジークハルトの指示なのか、私室のテーブルに運ばれた食事を一人で摂(と)っていた。

ただ、一人で食事を摂ること自体は、ソフィアにとっては当たり前だったので特に問題なくすんなりと馴染(なじ)んでいる。

だが、実家では料理人はもとより食事を作ってくれる人など誰もいなかったので、こっそり厨(ちゅう)

房へと入り込み、残り物のパンやソーセージなどを持ち出して食べていたのだが。

なので、アカデミーの食堂以外ではこのような温かい食事はほとんど摂ったことがなかったために、ソフィアはグラッセ公爵邸での食事の時間が楽しみになっていた。

ただ、ジークハルトとはほとんど会えていないので、そのことは少し心寂しく思う。

（もし可能であれば、公爵様ともう少しお話をしてみたいです。……いいえ、わたくしの役目はあくまでお飾り妻に励むこと！　公爵様が会話を求めておられるのならともかく、そうでないのならわたくしが求めてはいけませんね！）

だが、お飾り妻とは一体何をすればよいのだろうか。

毎日ぼんやりと過ごしていたらあっという間に一年が過ぎてしまいそうだが、それはソフィアの性分に合わなかった。

契約期間が切れたあとの生活のことも考えなければならないし、ぼんやりとはしていられそうにない。

（すでに、公爵様や公爵家には一宿一飯のご恩があります。たとえお飾りといえども、何かお役に立ちたいです……！）

ソフィアは朝食後、テレサが退室すると勢いよく立ち上がって、足早に窓の近くに駆け寄った。

ちなみに、ソフィアの部屋の窓から見える風景は中庭で、見事な薔薇などの花々が咲いているのがわかる。

窓を開けて風にあたると、思考がはっきりしてくるように感じる。

「そもそも、お飾り妻の定義とはなんでしょうか……」

呟き、本棚の前まで移動した。

お飾り。

「見せかけだけの存在で実質的な意味を持たずに体裁を整えるために置かれるもの」と、室内の本棚に並んでいる辞書を引いたらそう書いてあった。

「実質的な意味を持たず……」

その言葉に胸がズキッと痛む。

まさに今の自分の境遇、いやこれまでの人生すべてがそうだったと言えるのではないか。

実家でも、魔力がないというだけで、そこにいない、実質的な意味を持たないように接されていた。

「見せかけだけこなせれば、それでよいのでしょうか。わたくしは実家ではいないもののように扱われましたが、ここではお飾り妻という『いること』を許された存在です。それを活用して、この公爵家のために何かできないでしょうか……」

呟くと、ソフィアの頭にあることが閃く。

「そうです。あくまでもお飾り妻の体裁をとって、わたくしが何かお手伝いすることはできないでしょうか。幸い、帳簿の管理や人材の管理などはアカデミーで習得していますし、公爵家の補助的なお手伝いができたらよいのですが」

そう思うと、心がスッと晴れ渡るようだった。

この屋敷の主人であるジークハルトは、ソフィアにお飾り妻の役目を求めたが、会話もしてくれた。家令のトーマスも侍女のテレサもそうだ。

なので、自分の功績にさえしなければ、仕事をして彼らのために役立つこともできるのではないだろうか。

「では、早速公爵様に交渉に行きましょう」

そうして、ソフィアは意気揚々とジークハルトの執務室へと向かったのだった。

廊下に出て、周囲を見回してみると自室の隣に個室の扉があった。

位置的に、もしやジークハルトの私室ではないだろうか。

（い、いいえ。そんなわけないですよね。……わたくしがお飾り妻であることは、一部の方の間では周知のことでありますし……）

ただ、カムフラージュのために本来の正妻の部屋を割り当てられたのかもしれない。加えて、内扉が自分の私室に備え付けられていたことも気になった。

だが、たとえそうであったとしても、ジークハルトのあの様子では彼の部屋にソフィアが赴くことはまずないだろう。ともかく彼女は中央にある階段を降り、記憶を辿(たど)ってジークハルトの執務室へと向かった。

緊張しながらゆっくりと廊下を歩いていき、中央玄関からまっすぐ向かって屋敷の奥に位置する部屋を目指す。

途中に何度も分岐があるのだが、昨日のことを思い返して道を選んだ。

すると、五分ほど歩いたところで、昨日到着するなり連れて来られた部屋の扉の前に無事にたどり着いた。

「確か、ここですね」

ソフィアは、逸(はや)る鼓動を抑えながら深呼吸をしたあと、しっかりと扉に四回ノックをした。

「こ、公爵様。ソフィアです。今、お時間をよろしいでしょうか！」

震えた声だがなんとか絞り出すことができたので、ホッと胸を撫で下ろす。

だが、数秒後に扉が開き姿を現した人物を見て、ソフィアは瞠目(どうもく)した。

「奥様。御用でしょうか」

「エドワードさん！　あの、ここは公爵様の執務室ではなかったでしょうか？」

誤って家令のトーマスの執務室を訪ねてしまったのだろうか。

「いえ、ここは間違いなく旦那様の執務室ですが……、まさか奥様。おひとりで、誰の案内もなしにこちらまで出向かれたのですか」

「は、はい。そうですが、……やはり、ひとりでお屋敷の中を歩くのはまずかったでしょうか？」

お飾りの分際で出しゃばるなということであれば、むしろ「お飾り妻がしてよいことの線引き」の判断材料になるので好都合だと思った。

ただ、まったくショックを受けなかったといえば嘘になるが。

「いいえ、そのようなことは決してございません。奥様におかれましては、誤解を招くような物言いをしてしまい申し訳ございません」

スッと頭を下げるトーマスに、ソフィアは慌てて頭を上げるように促した。

「自由にお屋敷の中を歩くことができるのであれば、安心いたしました！」

再びホッと胸を撫で下ろすソフィアに、トーマスは場所が場所だからなのか、すぐに話を切り出した。

「先ほど私があのように申し上げましたのは、奥様はお屋敷にお住まいになられてから、こちらには一度しか訪れたことがないのにもかかわらず、おひとりで迷わずにたどり着くことができたことに感銘を受けたからです」

言われてみれば、到着するまでには廊下がいくつも枝分かれしていて、意識して記憶していなければ迷った可能性もある。

「そ、そのように仰っていただけて感無量です！　わたくし、記憶力には少々自信があるのです」

「左様でございましたか」

トーマスは、このことについては特にこれ以上掘り下げないようだ。

ソフィアが記憶力に自信があるのには理由があり、それは「誰かに話しかけても答えてもらえないから人に訊くことができないので、自分で対処をしているうちに自然と記憶力がよくなった」からなのだが、それをトーマスに打ち明けるタイミングを逃してしまった。

「旦那様は、現在お部屋にはいらっしゃいません」

「そうでしたか」

ソフィアはがっくりと肩を落とすが、それならばと思った。

「実は、公爵様にお願いがあって参ったのです。現在公爵様はどちらにおいででしょうか」

「旦那様は、お仕事のために外出なさっております」

「そうですか」

「はい」

トーマスの話によると、なんでもジークハルトは公爵家が経営している「魔法道具の製造・販売を手掛けている商会」の会長であり、その他にも領地の経営を行う傍ら貴族院の議員も務めているらしい。

肩書きを聞いただけでも、多忙そうである。

（公爵様は、とても凄（すご）い方だったのですね！　それに多忙でいらっしゃいます。わたくしのためにわざわざ割いていただくような時間は持ち合わせておられないでしょうし、わたくしもそれは望みません）

ならばと、ダメ元だがトーマスに相談をすることにした。

「エドワードさん。わたくしに、何かお手伝いできることはありませんでしょうか。わたくし、アカデミーで少々帳簿の管理や人材の管理などを習っておりますので、お役に立てればと思い立ったのですが」

「奥様が、でしょうか」

「はい」

トーマスが身に纏う空気が張り詰めているので、これは有無を言わさず断られるなと思い、ソフィアは目をぎゅっと瞑った。

「その、あくまで、わたくしは手伝うだけで公には別の方が行ったことにしていただければと。ただ、何か不備があれば責任は必ずわたくしが負いますので！」

「左様でございますか。ただ、それは私では判断しかねますので、旦那様がお戻りになられましたら改めてお訊ねなさるのはいかがでしょうか」

否定されると思っていたソフィアはホッと胸を撫で下ろしたが、同時に疑念を抱く。

このまま質問をせずに去ることもできたが、それではきっと自分の要望が通る可能性は低いままだと思った。

「公爵様は、わたくしと会ってくださるでしょうか？」

何よりも、まず会うことができない気がした。

今回は思い立って執務室へと訪ねたが、ジークハルトは基本的に外へ働きに出ているし、帰宅してからも屋敷で仕事があるのでとてもお飾り妻の自分と会う時間など作らないだろう。

それに、疲れているのだろうから、わざわざ時間を作ってもらうのも気が引けた。

「それは私では判断いたしかねますが、……今晩、旦那様がお戻りになられましたら、内容は伏せた上で奥様が旦那様に要望がおありで面会を希望している旨をお伝えいたします」

瞬間、ソフィアの表情がパッと明るくなった。

「そうですか！　エドワードさん、誠にありがとうございます！」

ソフィアは、深くお辞儀をしたあと「わたくしはこれで失礼いたします」と挨拶をしてから自室へと戻った。

自室のソファに腰掛けると、安堵(あんど)の息を吐く。

「これで、一歩を踏み出せたでしょうか！」

そう思うと、鼓動が高まったので気を落ち着かせるためにも本を読もうと本棚から何冊か持ってきたのだが、ふとあることが脳裏を過った。

（わたくしは、どうも感極まって勢いよくお話をしてしまう傾向がありますね。特に真面目なお話をする際は気をつけなければ！　そうですね、さしずめ「感動スイッチ」を切り替えると表現しましょう）

そう決めて、改めて読書を始めたのだった。

ジークハルトは、実母の影響で貴族の女性が苦手である。

なぜなら、彼の母親は社交界に自分の存在価値を見出(みいだ)したような人で、毎日どこかで開催されている夜会へと出かけていき、ジークハルトとはほとんど顔を合わせることすらなかったからである。

時折会ったときに会話は交わしたが、この国では貴族は子供の世話は乳母に任せるものなので、母親も例外ではなくジークハルトとほとんど関わろうとしなかったのだ。

ジークハルトが幼いときには、彼女の夫である前公爵の顔色を窺うためにだけ自分を連れ出して溺愛しているかのように接したが、夫の関心が自分にないことが分かると彼女はたびたびジークハルトに当たり散らし、体罰も与えた。

挙句の果てには、不倫相手の子供を身籠り駆け落ちをしてしまった。

そんな経緯があったので、彼は貴族の女性に対して嫌気がさしたのだ。

加えて、以前に自分の意思を押し殺し家のためだと自分自身に言い聞かせて、伯爵家の令嬢と婚約をしていたこともあったのだが、彼女が魔法道具事業に関して社交界に未発表の情報を流してしまったことでその話は破談となった。

ちなみに、その情報は家をあげて尽力して何とか広まるのを防ぐことができたのであった。

そのようなこともあり、ジークハルトは貴族女性に対してますます嫌悪感を抱き、拒否反応を強めたのだ。

だが、国王からは結婚しろと何度も言われ、とうとう結婚しなければ爵位を継承する際に必要となる授爵状の発行を許可しないとまで宣言されてしまった。

国王としては、建国に関わったグラッセ公爵家の血統を絶やさないための発言であり本意ではなかったのかもしれないが、そこまで言わなければジークハルトが動かないことを考慮してもいたのだろう。

なお、現在公爵家の直系の血筋は引退した父親、ジークハルトと姉のアリア、彼女の二人の子供である。

姉のアリアは伯爵家へと嫁いでいるので、甥姪にはそちらの爵位の関係もあり、国王はやはりジークハルトが世継ぎを残すのが好ましいと考えているのだろう。

なお、ソフィアとの契約結婚の期間が一年間なのは、現在十歳の姉の息子であるテナーを養子に迎え、将来爵位を継承させる授爵状の発行手続きが完了するまで一年かかるからだ。

ちなみに、テナーが爵位を受け継ぐのは、彼が成人して何年も経ってからの予定なので、まだ時間はある。

その時までに、自分が公爵としてやれることを存分にやれば問題ない。そう彼は考えたのだ。

もちろん、ジークハルトはこれからも、本当の結婚をすることも子供をもうけることも考えていなかった。

国王からは「一度だけでも結婚するように」と言われているので、たとえ一年で離縁をしたとしても結婚をしたという事実があれば支障はないだろう。

帰宅後、ジークハルトはすぐに私室へと戻り、身に着けているフロックコートを脱いでコートスタンドに掛けた。

慣れた手つきで私室用のシャツに着替えてから簡易的なウエストコートを身に着けて、執務室へと向かう。

昨日、ソフィアと対面した際には彼はフロックコートを身に着けていたのだが、執務室や食堂など私的な時間はこのように袖なしのウエストコートのみで過ごすことが多いのだ。

現在は二十一時半を過ぎている。夕食は商会の食堂で済ませてきているし、今は公爵家の仕事を少しでも片付けておきたい。

帳簿や管理人からの報告などは、現状では女主人が不在であるので家令のトーマスに任せているが、細かいところや決裁が必要な書類の処理などはジークハルトが行わなければならない。

毎月、月末には書類の処理を終えて月初めに備えるようにしており、今は月末ということもあり未処理の書類の整理を少しでも行っておきたかった。

なので、彼は入室するなり光魔法系統の魔法道具を起動させ、執務机に向かった。

万年筆を走らせていると、扉から不意にノックの音が響き渡る。

気がつくと、作業を始めてから三十分ほどが経過していたようだ。

「旦那様、お帰りなさいませ。お時間を少々よろしいでしょうか」

「ああ、構わない」

「失礼いたします」

現在の時刻は二十二時を過ぎており、家令のトーマスがこのような遅い時間にジークハルトの執務室を訪れるのは珍しいことであった。

トーマスは遅い時間にもかかわらず、家令専用の衣服をきちんと身に着けている。

「何か書類に不備があったのか」

今日はトーマスに決裁書類のチェックを依頼していたので、その件で報告があるのだと思った。

「いえ、書類に不備はございませんでした」

「では何用だ」

「はい。奥様から一つご伝言がございます」

「妻？」

ジークハルトは一瞬何のことかと身体を固くしたが、すぐに昨日招いたソフィアに思い当たった。

そもそも、ソフィアがこの屋敷に住み始めてから今まで会ったのは一度だけであるし、書類上のみの関係なので自分の妻と言われてもピンとこないのだ。

ただ、自分の都合で彼女とは期間限定の結婚の契約を交わしているので、そのような心持ちでいること自体申し訳が立たないのだが、どうにも貴族女性のことが苦手なので親しく接しようという気持ちは湧かなかった。

「ああ。彼女がどうかしたのか」

ソフィアは意気揚々とお飾り妻に励むと宣言していたが、その実、金や宝石類を無心しようとしているのではないかとジークハルトは考えていた。

これまでジークハルトは、無防備そうに見せかけて実は肉食獣的な貴族女性に何度も狙われてきたのだ。

「はい。近いうちに面会のお時間をいただきたいとのことでした」

ジークハルトは内心でため息を吐いた。

面会など、会ってどうしようというのだ。

多忙で中々時間を取れないのもあるし、そもそも危惧(きぐ)しているように金銭の要求などをされたら厄介だ。

「そうか。だが、それは難しいだろうな」

「左様でございますか」

トーマスは、少し間を置いてから切り出した。

「ですが旦那様。いくら契約結婚といえども、これから一度も奥様と顔を合わせないおつもりでしょうか。奥様は書類上ではすでに旦那様の正式な奥様であられるのですよ」

トーマスの物言いは穏やかだが、その実、ジークハルトは鋭利な刃物のような切れ味があるように感じた。

ちなみに、婚姻書類は昨日中に王宮内の貴族院に提出し、無事に受理されている。

「……そうだな。であれば、明日の朝食の際に話を聞くと言っておいてくれないか」

「明日の朝食でございますか？」

「ああ」

今はすでに夜の二十二時を回っており、おそらくソフィアはすでに就寝しているだろう。

予定を伝えるのは早朝になるのだろうが、確か今日は自室で朝食を摂っているはずであり明日もそうすると思っているだろう。突然そのようなことを伝えられたら戸惑い、ことによっては怒り出すかもしれない。

それが分かっているからか、トーマスはあまりよい顔をしなかったがすぐにお辞儀をした。

「かしこまりました。明朝にお伝えするように手配をいたします」

「ああ、頼む」

「はい」

トーマスは、再びお辞儀をすると「失礼いたします」と言ってから退室した。

ジークハルトは、残りの書類の処理を終えるとトーマスと入れ替わるように入室した侍女が持ってきたコーヒーを一口飲み小さく息を吐いた。

（思えば、エリオン男爵は困った末娘がいるので、是非、契約結婚でもなんでもして欲しいと、わざわざ夜会で今回の話を持ちかけてきたのだったな。その娘はわがままで手がつけられないから冷遇して灸（きゅう）を据えて欲しいとも）

冷遇に関しては、「一部の使用人に彼女の立場を前もって伝えておく」「本来ならば夫人の部屋を割り当てるべきなのに、姉が使っていた子供部屋を割り当てる」等をしたが、流石（さすが）にそれ以上のことをしようとは思わなかった。

ソフィアの面会の用件が気にはなったが、ジークハルトはトーマスが彼女に対して丁寧な対応をしていることの方が気に掛かった。

というのも、トーマスは実力主義的なところがあり、向上心がない者や努力を怠っている人間に対して容赦がないのだ。

だが、思えばソフィアに対しては最初から彼は上級の客をもてなすように接していたように思う。

そもそも、仕事や他者に厳しいトーマスが、ソフィアの申し出をわざわざ深夜に家令の衣服のまで伝えにくること自体が異例であり、それほど彼がソフィアに一目置いているということなのだろう。

「ソフィア・エリオン……か。あの瞳に偽りはあるのだろうか」

ジークハルトはコーヒーカップをソーサーの上に置くと、昨日この執務室で意気揚々とお飾り妻に励むと言い切ったあの瞳を思い浮かべた。

彼女の瞳は強い信念を抱いているようであり、彼はこれまであのような瞳をした令嬢と会ったことなど一度もなかった。

だからなのか、ジークハルトはソフィアの話に少しだけ耳を傾けてみようと思ったのだった。

翌朝。

ソフィアは朝五時ごろ自ら起床し、身につけているネグリジェにストールを羽織ってから机に向かった。

備え付けのノートに、昨日読書をして学んだ専門知識の要点をまとめているのだ。

「それにしても、帳簿の付け方や経理用語の専門書が本棚に置いてあったので助かりました！」

他にも、領地経営のノウハウや使用人への接し方についての本が置いてあったので、参考にさせてもらおうと思った。

それらの基本は、すでにアカデミーで学んではいたが、この部屋に置いてある本は更に上級の専門知識が記してありとても参考になった。

おそらく、この部屋の前の主人はかなり高い上昇志向を持っていたのだろう。

また、昨日と同じなら六時に侍女のテレサが部屋を訪れて身支度を手伝ってくれるはずなので、彼女を待ってから身なりを整えるつもりだ。

実家では、侍女やメイドがソフィアの世話をすることはなかったので、誰かに世話をしてもらうことはとても新鮮だった。

そして、六時丁度にノックの音が響き、ソフィアが返事をするとテレサが入室した。

「おはようございます、奥様」

「おはようございます、テレサさん。今日も一日、よろしくお願いいたします！」

「はい。こちらこそ、よろしくお願いいたします」

テレサはお辞儀をしたあと、手早く洗面器に持参したポットのお湯を張り洗顔を手伝ってくれた。

ワードローブを開いてデイドレスを決める段取りとなったが、今日は一言添えられる。

「奥様。本日は、旦那様と共に朝食を召し上がっていただきますので、それに合わせたドレスをお選びいたします」

瞬間、ソフィアは固まったがすぐに目を輝かせた。

「そ、そうですか。とても嬉しいです！」

本心からの言葉だったので、自然と笑顔が溢れるがテレサは淡々としている。

（安心しました。これで公爵様と少しでもお話をすることができそうですね！　そうです、お手伝いの件も朝食の際に打ち明けられたらよいのですが……）

そう思うと身が引き締まる思いになり、ドレス選びにも気合が入るようだった。

ただ、ソフィアは実家の屋敷内では母親のお下がりの何十年も前のドレスを着倒していたし、外出用のドレスは姉のお下がりをやはり着倒していた。

それが破れたりほつれたりする度に、自分で裁縫をして手直しをしてから着ており、このワードローブ内にあるうちの三着はソフィアが持ち込んだドレスである。しかし、数十着ほど元々掛けてあったドレスもある。

元々掛けられていたドレスは見たところ新品ではないようだが、管理がよかったのか状態がとても良好である。

サイズも前もって直してあるのか、大方はソフィアの身体にピッタリであった。

ドレスのデザインは流行のフリルやリボンが付けられたものではないが、ソフィアはかえってその方が好ましいと思った。

「奥様。本日は旦那様との会食ですので、昨日よりも色合いの濃いドレスになされるのはいかがでしょうか」

そう言ってテレサが手に取ったのは、スカートに見事な刺繍が施された桃色のドレスだった。

見目麗しく、見ているだけで心が浮き立つように思うのだが、ソフィアは漠然と今の状況には合わないと思った。

（公爵様に対して大切なお話をするのに、このような華やかなドレスでもよろしいのでしょうか）

そう思い、ザッと並んだものから翠色の上品なレースをあしらった、肌の露出の少ないシンプルなドレスを手に取った。

「こちらに決めようかと思うのですが、いかがでしょうか」

ソフィアはこれまで、他人の意見を覆したことなどなかったので、内心酷く冷や汗をかいており
テレサの反応が気になった。

チラリとテレサを見やると、彼女は頷き穏やかな表情をしている。

「はい。とても美しいドレスですね。奥様によくお似合いかと思います」

「……!!」

テレサは夏の日差しを連想させる眩い笑顔を向けて、自分の意見を肯定してくれた。

ソフィアはそれだけで、思わず涙を溢した。

（い、生きていてよかったです……）

その様子に慌ててテレサはソフィアにハンカチを手渡し、身支度は速やかに行われた。

ネグリジェを脱ぎ、テレサにコルセットを締めてもらってドレスを身につけると、流れるように
化粧を施され髪を結い上げてもらう。

化粧は薄めだが、色白のソフィアの肌に合う白粉に薄めのリップ、桃色の頬紅を施されると先ほ
どまでとは別人のような華やかさが感じられた。

「とても素敵です！」

「奥様がお美しいのです」

「そ、そんなことありません」

「いいえ。わたくしは薄めのお化粧しか施していないのですが、元がこのようにお美しくていらっしゃいますのですぐにお顔が引き立つのですわ」

なぜか、テレサは褒め倒してくれるので、褒めてもらうことに対して全く免疫のないソフィアの活力はゼロに等しくなった。

だが、せっかくの彼女の言葉を否定することはしたくなかったので、精一杯の言葉を伝えることにした。

「あ、ありがとうございます……‼」

（本当に生きていてよかったです‼）

実家に住んでいたときは、化粧はもちろん他人に髪を結い上げてもらうこともなかった。

だが、普段はいないものとして扱われているはずなのに、なぜか母親と姉、その取り巻きの侍女らから、

『何て醜いのかしら。肌はボロボロだし、ドレスだってそれいつの流行り（はや）のデザイン？　そんなものを着ている令嬢なんて、もうこの国にはいないのではないかしら』

ということを言われたことがあった。

ただ、そのときは単純に（確かに……）と思い、ソフィアはもしかして会話をしてもらえるのか

と、意気揚々と、

『そうですね！　ところで、お母様とお姉様のお召し物はとても素敵ですが、そのようなお色味がお好きなのですか？』

と質問をしたのだが、一同はどこかに去ってしまったのだった。

思い出を噛(か)み締(し)めつつ、ソフィアの身支度が整ったのでいざ食堂へと向かった。

◇◇

グラッセ公爵家の朝食は七時からなのだが、ソフィアは十分前に食堂へと入室した。

まだジークハルトは訪れていないようなので、先に席につくわけにもいかない。

ただ、ぼんやりと立って待っているのも性分に合わないので、ソフィアは食堂内ですでに待機している給仕や執事らに挨拶をして回った。

「皆さま、おはようございます」

「おはようございます、奥様」

皆、笑顔で受け答えをしてくれるので、ソフィアの心中に嬉しい気持ちが湧き立つ。

思えば、この屋敷に移住してから初めて食堂に足を踏み入れたので、とても新鮮な気持ちである。

そもそも、実家では物心ついたときから屋根裏の私室で食事をしていたし、アカデミーでは食堂にて一人で食事をしていたので、誰かと食事をしたことはほとんどなく、これからそれができるのだと考えるだけで胸が熱くなった。

そして、食堂の扉が開き一同がそちらに視線を移す。

ジークハルトが入室したのである。

彼はウエストコートを身に着けている。

両方の壁際で待機していた使用人らは、一斉にお辞儀をした。

「おはようございます、旦那様」

「ああ、おはよう」

ソフィアは、軽やかに自席へ腰掛けたジークハルトの傍（そば）に近づきカーテシーをした。

「おはようございます！　公爵様」

「……ああ」

ソフィアの勢いのよい挨拶に気押されたのか、ジークハルトは目を細める。

それから、ソフィアも向かいの椅子に着席し、まもなく食事が次々と運ばれて来た。

なお、グラッセ公爵家ではジークハルトが朝食に時間を割ける時間があまりないため、食事はコース形式ではなく一度に提供されているのだと先ほど使用人らから教えてもらった。

今日のメニューはオムレツと焼きたてのパン、コーンポタージュである。

オムレツの中には二種類のキノコが入っていて、とても美味しい。

付け合わせのマッシュポテトは、ヨーグルトで和（あ）えられており、それが味のアクセントになっていて、オムレツとの相性も抜群だ。

コーンポタージュはコーンの味が濃厚に感じられて、口に含んだ途端、思わず顔が綻ぶ。

この感動を是非伝えたい！

そう思うのだが、ジークハルトの雰囲気が重いために、とても言い出せそうになかった。

ともかく、食事に集中することにしたが、いつか食事の感想を誰かに言えるようになればとソフィアはそっと思った。

そして、食後。

美味しい食事の余韻に浸っていたい気持ちは強かったが、多忙なジークハルトはおそらくこのあとすぐに身支度をし、仕事へと出掛けなければならないだろう。

なので、ソフィアは気を引き締め、背筋を伸ばして意を決して口を開いた。

「公爵様、お願いがございます」

「ああ」

ジークハルトは口元をナプキンで拭うと、右手を上げた。

すると、傍に控えていた給仕や侍女らがお辞儀をしてから速やかに退室した。

ただ、家令のトーマスのみは残ったようだ。

ソフィアは、深呼吸をすると意識して「感動スイッチ」を切り替える。

「それで、君の願いとは何だ」

「は、はい。実は、わたくしにこのお屋敷の女主人のお仕事の手伝いをさせていただきたいのです」

「……それは、なぜだか聞かせてもらおうか」

ソフィアの心臓が、ドクンと跳ねた。

「はい。わたくしは以前にお飾り妻に励むと申し上げましたが、すでに公爵様や公爵家には一宿一飯、いえ、これからのことを考えますと三十飯も百飯ものご恩をいただくことになります。ですので、そのご恩を返したいと思い立ちました。もちろん、わたくしがお手伝いをしていることは伏せていただければと思っております」

「……そうか」

あくまで冷静に説明をするソフィアに対して、ジークハルトは無表情を変えなかった。

「君の考えは理解したが、そもそも女主人がどのような仕事をするのか分かっているのか？　いくら手伝いといえども、もし損害を出したら私は君に全面的に賠償を請求しなければならなくなるのだが」

「はい、存じております。加えて責任を負う覚悟もできております」

普段は勢いよく返事をするソフィアだが、今は真剣な瞳をジークハルトに向けていた。

「では、女主人の仕事内容を答えてもらおうか」

瞬間、ソフィアは少し目を開いたのちすぐに頷いた。

「はい。一般的なお屋敷の奥様であれば、家や領地全体のお金の流れを記録した帳簿の管理、領地の状態や各領地の管理者からの報告の取りまとめの補佐、使用人の管理などを行っていると把握しています」

ジークハルトは持っていたコーヒーカップをソーサーの上に置き、トーマスと視線を見合わせた。

「……そうだな。また、必要であれば女主人は夜会などへ参加もするが、君はそちらを希望しているのではないか？」

ソフィアは慌てて首を横に振った。

「い、いえいえいえ、や、夜会など、そ、そんな高レベルなコミュ力が必要なこと、わたくしには難しいですが、……もしお飾り妻として必要であれば、毎日特訓とイメージトレーニングをしてなんとか準備をいたします！」

「コミュ力……？」

ジークハルトは目を細め、息を小さく吐いた。

「そうか。仕事の内容は把握しているようだな。であれば、試験をしようではないか」

「試験ですか？」

「ああ。エドワードに託しておくが、今日一日でこの公爵家が所有している主要な領地とその管理者の名前、及び使用人の名前を覚えるように」

「旦那様、それは流石に……！」

トーマスが異を唱えようとするが、ソフィアは大きく頷き立ち上がった。

「はい、かしこまりました。わたくし、誠心誠意全力で試験を受けさせていただきます！」

「ああ。では、今日の夕食後に確認のための筆記試験を行うのでそのつもりでいるように」

「筆記試験……」

ソフィアは目を輝かせて頷いた。

「承知いたしました。わたくし、記憶力には少々自信があるのです」

ソフィアは、「それでは早速取り掛かります」と一言添えるとカーテシーをしてから退室したのだった。

「旦那様、あれではあまりにも……」

「容赦がないか？」

「え、ええ」

「だが、彼女は自分から責任が生じる仕事をしたいと申し出たんだ。試験をするのは当然のことだ」

「しかし、内容があまりにも酷ではありませんか？」

ジークハルトは淡々と続ける。

「いくら手伝いといえども、女主人の仕事は重責を伴うものだ。それを、易々(やすやす)と思いつきでやりたいなどと言ってもらっては困る。……それに、私の母親の例もあることだしな」

「それは……」

ジークハルトの母親は、社交界に存在意義を見出した人物であった。

先ほどのソフィアの説明にあったような帳簿の管理などは、もっぱら家令のトーマスに押し付けてほとんど仕事をしていなかったし、管理者や使用人の名前なども一部の者を除きほとんど覚えていなかった。

「なに、筆記試験を実施して七割方正解を出せなければ今回の話はなかったことにすればよい。その代わり、二度と女主人の仕事に関わりたいなどと言わせないように」

「……はい。かしこまりました」

トーマスは、どこか腑に落ちないといった表情をしていたが、丁寧にお辞儀をしてから食堂を退室した。

ジークハルトもすぐに席を立ち、手元の鈴を鳴らす。すぐに執事が近寄り彼にフロックコートを手渡した。

そして、身だしなみを軽く整え玄関へと向かおうとするが、目前にふと先ほどのソフィアの真っ直ぐな瞳が浮かぶ。

（まさか、試験を突破できるわけがない。経験と知識を兼ね備えておらず、ましてや正式な立場でない者が下手に公爵家に関わり負債を抱えるよりは、最初から触れることなどしない方がよいだろう）

そう内心で苦笑しながら、玄関の外で待機している馬車に乗り込んだのだった。

◇◇

あれから、ソフィアは食堂を出るとまず屋敷中を歩いて回り、使用人全員に話しかけて名前を聞いた上で雑談をした。

その結果、この屋敷には家令のトーマスをはじめ、主人であるジークハルトや家令の補佐をする執事が三人、その下で働くフットマンが五人いた。

侍女はソフィア専属のテレサと先代から通いで勤めているものが一人、あとはメイドが三人、給仕が二人だ。

加えて庭師や公爵家専属の医師、料理人など使用人は多数いた。

（やはり、公爵家は規模が違いますね！　わたくしはあまり会話をしたことはないのですが、実家にはこちらの五分の一の数の使用人の方しかいませんでした）

そう思うと、改めて自分は分不相応の場所へ来てしまったと思った。

だが、ともかく今は夕食後の試験に向けて対策をしっかり取らなければならない。

「エドワードさんが資料を作成してくださるとのことなので、そろそろ様子を見に行きましょう」

それから、ソフィアは家令部屋へと向かったのだった。

◇◇

そして、その日の夕食後。

ジークハルトは仕事が立て込んでいるとのことでまだ帰宅していないが、屋敷の空き部屋の一室ではすでに筆記試験が行われていた。

試験問題はトーマスの自作のようで、万年筆で手書きされた用紙を配られ、先ほどからソフィアは試験に取り組んでいる。

彼女は綺麗な姿勢でテンポよく試験用紙に万年筆で解答を書き込んでいき、二十分もかからずに終えることができた。

「できました！」

「もうできたのですか？」

「はい！」

トーマスにとって予想外の早さだったらしく、ソフィアは彼が大きく目を見開くところを初めて見た。

「ご確認をなさらなくてもよろしいのでしょうか」

「確認……。そ、そうですね！　試験は確認が肝心ですね！」

そう言って、ソフィアは慣れた様子で手早く試験用紙に目を通していく。

「はい、確認が終わりました！　エドワードさん、採点をお願いいたします」

「かしこまりました」

トーマスは解答用紙を手に取り、椅子に腰掛け赤インクの入った万年筆で解答を確認しながら、丁寧な手つきで採点を終えた。

トーマスが再び大きく目を見開き口を開こうとした瞬間、扉が開きジークハルトが入室した。

彼は帰宅後に真っ先にこの部屋へとやってきたのか、外出着のフロックコートを身に着けている。

「遅くなった。仕事が立て込んでな」

「公爵様、お帰りなさいませ！」

ソフィアは勢いよく立ち上がりたくなる衝動を抑えながら静かに立ち上がり、両手でスカートをつまんでカーテシーをした。

「ああ。……ただ、夕食からあまり時間が経っていないので試験はまだ途中であろう。直ちに再び取り掛かるように」

「い、いえ！　もう試験は終わりまして、丁度今、エドワードさんに採点をお願いしていたところだったのです」

「なに？　それは本当か？」

「……はい」

トーマスはスッと立ち上がり、解答用紙をジークハルトに手渡した。

すると彼も目を見開く。

「いや、これはいくらなんでも……。不正が行われた、わけではないか」

「はい。この室内にはカンニングができるような物は一切置いておりませんし、奥様が不正を行っていないことは一部始終を私が見ておりましたので証明できます」

「そうか……」

何か張り詰めた様子の二人を不思議に思いながらも、ソフィアは声を掛けた。

「あの、お取り込み中のところ申し訳ありませんが、試験の結果はいかがだったのでしょうか？」

二人は一斉にソフィアの方を向き、トーマスが遠慮がちに口を開いた。

「満点でございます」

「まんてん、ですか？」

ソフィアは思わず腑抜けたような声を上げてしまったが、すぐに満面の笑みを浮かべた。

「安心いたしました！　受験対策がバッチリ功を奏したようです！」

喜ぶソフィアをよそに、ジークハルトの眼光は鋭い。

「まさか、君は事前に我が公爵家の情報を入手していたのか？　使用人や領地の情報など、どのように入手したのだ」

「い、いえいえ、そ、そんな誰に話しかけても対応をしてもらえないわたくしです。そんな高度なこと、やりたくてもできません！」

あっけらかんと宣言するソフィアに、ジークハルトもつられたのか唖然としている。

「そ、そうか。それは悪いことを訊いてしまったな。すまなかった」

「いいえ、どうかお気になさらないでください」

妙なところで意気投合をする二人に、トーマスはボソリと「……ズレている」と呟いたが、ソフィアには何のことか分からなかった。

ジークハルトはコホンと咳払いを一つした。

「ならば、今回の結果は完全な君の実力というわけだな」

「そのように仰っていただけますと、感無量です！」

ジークハルトは満面の笑みでそう言ったソフィアを見て息を呑んだが、すぐに気を取り直したようだ。

「だが、領地のことに関してはどのように調べたのだ？　エドワードに手渡すように命じていた資料以外のことが、この解答用紙には書かれているようだが」

「はい。領地に関してはわたくしが使わせていただいているお部屋の本棚にある程度の資料がありましたので、いただいた資料の知識に加えて、そちらの資料のデータとも照らし合わせて解答をいたしました」

「そうか……」

言葉を失くしている様子のジークハルトに、トーマスは更に付け加えた。

「十八分でございます、旦那様」

「何がだ」

「奥様が試験の解答に用いた時間でございます」

「……！」

「私は今回の問題の制限時間を一時間と設定いたしましたが、それでも通常であれば問題を全て解くには短いと思っておりました」

ジークハルトは更に言葉を失った様子だが、しばらく何かを考えたのち口を開いた。

「君は、一体何者なのだ」

「わたくしは、記憶力には自信があるのです。……その代わり、大魔法使いを輩出した一族の出であるにもかかわらず、全く魔力を持たずに生まれて参りました」

そう言って僅（わず）かに苦笑したソフィアを見ると、ジークハルトは小さく息を吐く。

「……合格だ」

瞬間、ソフィアは瞠目しジークハルトに深く一礼をした。

「ありがとうございます、公爵様」

「……明日からエドワードの補佐の立場で共に仕事を行うように。場所は私の執務室で構わない。……ただし、ミスや損害を出したときや君に責任があると判断した場合、賠償責任を負ってもらうし、君が補佐をしている事実は公表しない」

「はい！　もちろんその条件で構いません。公爵様、ありがとうございます！」

「礼には及ばない。加えてエドワードの報告によってはすぐに君を仕事から外すこともある。また、帳簿に関しては触らないように」

「承知いたしました。重々心がけて働きます！」

そうして、満面の笑みで綺麗にお辞儀をしソフィアは弾む心を抑えながら退室した。

「どういうことだ。彼女は無能ではなかったのか」

「差し出がましいようですが、旦那様。奥様が先日こちらにご到着なされたときにお召しになられていたドレスですが、お身体に合っていないように思いました。また初めてお会いした際の挨拶では、報告にあったような高慢な態度は微塵も感じられませんでした」

「そうか……」

ソフィアのドレスのサイズが合っていないことは、実をいうとジークハルト自身も彼女と執務室で初めて会ったときに気がついていた。

加えて、清純さや淑女らしさとはほど遠いドレスの装飾の派手さに嫌気を覚えたのだった。

「エドワード。彼女について調べてくれ」

「かしこまりました」

トーマスは、綺麗な動作で退室した。

優秀な彼のことだ。おそらく、一週間も要さず報告があるだろう。

ただ、ジークハルトが事前に調査を行わなかったのは、あえてエリオン男爵の言葉を鵜呑みにしたかった自分がいたからだ。

その方が、「契約結婚」などというソフィアに対して非情ともいえる仕打ちをする自分自身の罪の意識が少しは軽くなると、どこかで思ったのだろう。

また、エリオン男爵との話し合いで、ソフィアは契約が切れたあとは実家には戻らせず、公爵家の領地の農村でひっそりと暮らすように手配することになっていた。

そのときは、もちろんジークハルトとは離縁をし、実家にも戻れないので平民として生きることになるが、無能で男をたぶらかしてばかりの娘なので当然の対処だと、父親であるエリオン男爵からは聞かされていたのだ。

「だが、実際の彼女は百八十度違っていた。素朴で実に話しやすく……」

途中で、自分自身の言葉に気がついて言葉を呑み込んだ。

「ともかく、彼女については報告が上がってから考える」

呟き退室し、廊下を歩きながら、ジークハルトは先ほどのソフィアの笑顔を思い出すのだった。

それから約三日後。

トーマスからソフィアに関する調査報告が届いたと知らせを受けて、早速ジークハルトは執務室で報告書に目を通した。

だが、それに目を通せば通すほど、エリオン男爵が事前に伝えてきた「無能な末娘像」が崩れていく。

（アカデミーを首席で卒業、特に問題行動はない。男の影どころか学友も一人もいない。いつも一人で行動をしていた）

アカデミーでは学友はいなかったものの、定期考査の成績はいつも首位で、魔法論のスピーチでは優勝経験もあるようだ。

他にも刺繍、芸術、数学、化学等、様々な分野に長けていて、大会やコンクール等で優秀な成績を収めているらしい。

ただ、貴族令嬢に必須のダンス科目に関してはパートナーが決まらなかったので、参加することさえできなかったとのことだ。

（先日、今まで人とまともに会話をしたことがないと言っていた彼女の言葉は真実だったようだな……）

そう思うと、何か形容しづらい気持ちが込み上げてくるが、ともかく報告書を読み進めた。

その先には、実家での彼女の境遇が記されていたのだが、それはエリオン男爵から事前に聞かされていたことと百八十度違う内容であった。

エリオン男爵からはソフィアはわがままで手がつけられず、浪費癖が酷く毎月仕立屋を呼んでは不要なドレスや宝飾品類を購入すると聞かされていた。

加えて、酷い癇癪持ちで気に食わないことがあればすぐに使用人や侍女にあたり散らしていたと聞いたが、報告書によるとそれはソフィアではなく彼女の姉のリナのことらしい。

エリオン男爵はリナは自慢の娘だとやたら推してきたが、今思うとゾッとする。

なぜ、エリオン男爵が姉妹の行いを取り違えて認識しているのかは不明だが、ソフィアの名誉は守らなければならないと思った。

加えて、詳細な調査内容の割には調査期間が短かったことが気に掛かった。

「エドワード。お前はエリオン男爵家の調査を事前に行っていたな」

「はい。旦那様のご指示がないのにもかかわらず動いたことに対しまして、謝罪いたします」

トーマスはジークハルトに対して、綺麗な姿勢でお辞儀をした。

「いや、謝罪はよい。一時的とはいえ、公爵家に住まうことになる令嬢を事前に調べることは当然だろう。そのことに異論はない」

「ありがとうございます」

ジークハルトは目を細めた。

(彼女に対してとんでもない誤解をしていた。……むしろ彼女こそ、……いや、私がそれを言う資格はない)

そう思うと、ジークハルトはトーマスに対してある指示をしたのだった。

「公爵様と一緒にお食事をいただくことが叶い、とても嬉しく思います！」
翌日の夕方。
ジークハルトは商会の仕事が落ち着き珍しく夕方に帰宅することができたので、ソフィアを夕食に誘った。
ソフィアは桃色の鮮やかなドレスに身を包み、頬紅や口紅も桃色で統一されている。

ジークハルトは、それらは彼女にとても似合っていると思った。

食事の行程が次々とこなされていき、いよいよメインディッシュの運びとなった。

今日のメインディッシュは白身魚のムニエルだが、ソフィアは綺麗な動作で切り分けて口に運ぶと、弾けるような笑顔を見せた。

ジークハルトは思わず見惚れるが、ソフィアは何かを言いたそうに何度かこちらに視線を送っている。

「何か、私に言いたいことがあるのか？」

ジークハルトが訊ねるとソフィアは身体をびくりと小さく跳ねさせてから、ナプキンで口元を拭った。

「はい。あの、とても」

「とても？」

「とても美味しいです、公爵様！　お魚とバターの風味がまるで上質な二重奏を奏でているようです！」

「二重奏？」

味の表現にそのような言葉を使用するとは斬新だと感じたが、不思議と説得力がある説明だと思った。

だが、同時にジークハルトはあることが気に掛かり、コホンと咳払いをする。

「君は私の『妻』、なのだろう？」

「は、はい！　あくまでお飾りではありますが……」

そう付け加え小さく苦笑するソフィアの様子に、ジークハルトの胸がなぜかズキリと痛む。

「そうか。……であれば、私のことを公爵と呼ぶのは不自然だと思うのだが」

「！」

ソフィアは両手で口元を塞いで目を見開いたが、しばらく間を置いてから涙声で口を開いた。

「わたくしが公爵様のことを、……旦那様、とお呼びしてもよろしいのでしょうか？」

「ああ、構わない」

ソフィアはハンカチで目元を拭うと、真っ直ぐにジークハルトに視線を向けた。

「とても美味しいお食事を一緒に摂ることができて幸せです。……旦那様」

そう言って柔らかく微笑むソフィアを見ていると、ジークハルトは自分の凍りついた心が溶けるような、そんな感覚を覚えた。

「……ああ、私も幸せだ」

「！」

たちまち顔を真っ赤にするソフィアを不思議に思うが、のちにトーマスから聞いた話だとジークハルトも気持ちのよい笑顔を浮かべていたそうだ。

そうして、二人の優しい時間は続いていく。

「あれは公爵家でうまくお飾り妻をやっているでしょうか」

「おそらく、問題はないだろう」

「お父様。あれの契約期間が終わったら」

「ああ、もちろん承知している」

ソフィアとジークハルトが共に夕食を摂った翌日の夕暮れ時。

エリオン男爵家の執務室では、ソフィアの二歳年上の姉であるリナと父親のエリオン男爵が微笑を浮かべて会話を交わしていた。

エリオン男爵は銀髪を流した短髪にアイスブルーの瞳をしており、今は目を細めている。対して、娘のリナは母親譲りの亜麻色の髪にヘーゼル色の瞳である。

ちなみに、〝あれ〟とはエリオン男爵家においてのソフィアの蔑称である。

「あくまでも、あれは公爵閣下の元にお前が嫁ぐための繋ぎに過ぎない。閣下が貴族の女性に対してよい感情を持ち合わせていないことは一部の貴族の間では有名な話だからな。思えば、現在閣下が爵位の継承について問題を抱えているという情報を入手したのがきっかけだった」

リナは頬杖をついて、小さくため息を吐いた。

「単純に、初めからわたくしが嫁いでもよろしかったのでは？」

「それはダメだ。閣下は本気で一年間の契約結婚をする気でいるのだ。契約結婚という形でなければ、そもそも引き受けていただけなかっただろう。そんな可能性はないとは思うが、もし仮にリナを契約結婚の相手として嫁がせて、契約期間の終了と共に離縁するなんてことになってしまったら一大事だからな」

「そんな！　そんな酷いことをわたくしがされるなんて考えられません」

「万が一、の話だ」

　エリオン男爵はスッと立ち上がった。

「だから先にあれを行かせたのだ。あれは魔力のない能無しだ。あれがいたところで、公爵家にとって何の利益にもなりはしない」

「本当ですわ。それにあの子酷いのですよ。わたくしの物をすぐに欲しがって、癇癪も酷いし。屋根裏部屋が自室になったのも自分のせいだと全く思っていないの。まあ、元々相手をする価値もないのですけれど」

「……そうだな」

　エリオン男爵は片目を瞑り小さくため息を吐いてから、再び執務椅子に腰掛けた。

「閣下には、あれと離縁をした後に改めてリナとの婚姻を持ちかけるつもりだ。なに、閣下にはあらかじめリナのことを推してある。あれに愛想をつかせたところに、リナと会食の機会でも設ければすんなりとことは運ぶだろう」

　加えて、エリオン男爵には「ジークハルトが契約結婚を承諾した事実」という切り札もあった。

　彼は、万が一ジークハルトがリナとの縁談を拒んだ際に、エリオン家に不利になる情報はできるだけ削ぎ落として「件の事実を公表する」と契約書を掲げて脅そうと考えているのである。

リナは満面の笑みを浮かべた。

「ええ。きっと閣下は『マジック・ファースト商会』の顧問であり王宮で宮廷魔術師の補助として働くわたくしを、必要と思うはずだわ」

補足をすると、「マジック・ファースト商会」は国内一位のシェアを誇る魔法道具の製造・販売を手掛けている商会であり、エリオン男爵家はその商会と契約を交わして魔法の知識や技術を商会に提供しているのだ。

「ああ。だからもう少しの辛抱だ。分かってくれるね？」

「はい、お父様。わたくし諸々の準備をして待っておりますね」

そう言って執務室を退室するリナを見送ると、男爵は深く息を吐いた。

「まったく。なぜ我が家に魔力なしの娘などが生まれてきてしまったのだ。とんだ恥さらしだ」

エリオン男爵はソフィアの存在を認めていなかった。

とはいえ、エリオン男爵とて最初は第二子の誕生に心から喜んだし大切に育てようとも思ったのだ。

だが、生後半年で行う初めての魔力検査でソフィアが全く魔力を持ち合わせていないことが判明し、妻のマヤが心底絶望したことがきっかけで彼の心持ちも変化したのである。

『このエリオン家始まって以来の魔力なしの子供など、わたくしは産んでおりません！』

あの頃のマヤの憔悴ぶりは深刻であり、エリオン男爵はマヤを愛していたので、彼は妻を責めることなくエリオン家の平穏を保つためにはどのような対応をしたらよいのかと思案した。

結果、「ソフィアをいないように扱う」ことを思いついたのだ。

一度は、ソフィアに対してどのように対処すればよいかと様々な案を出す過程で、彼女をどこかの遠縁にでも養子に出してしまうことも考えたのだが、そうなると妻が「魔力なし」を産んだために養子に出したと親族から悟られる可能性が高いので却下した。

そのため、ソフィアを家庭内に留めてはおくが、「いないもの」として扱う。

そう結論が出たのである。

また、出生の事実はすでにあるので、アカデミーには通わせなければならなかったことは心苦しかった。

だが、どうもリナがソフィアに家庭内での仕打ちを他言させないためにアカデミー内に悪い噂を流し、ソフィアの信用を落として誰からも聞く耳を持たれないようにしていたようだ。

その結果、ソフィアがアカデミー内ででしゃばるようなことはなかったので、エリオン男爵は心から安堵した。

「これで閣下があれと離縁をし、あれが閣下の領地の村でひっそりと平民として暮らすようになれば、私たちにとってはこの世にいないも同然となる」

エリオン男爵家としては自分たちの手を汚さない形で、あくまでジークハルトの判断でソフィアを平民に落とせる。

それは、まさに男爵にとって悲願と言えるものであった。

「それに、リナが公爵夫人となれば我が家も盤石だな。まあ、国内でシェアを争う二つの商会に関わりを持つことにはなるが、リナが現在の仕事から手を引けば問題はなかろう」

そう呟くと、エリオン男爵は気をよくしたのか鼻歌交じりで立ち上がり自室へと向かおうとするが、その矢先に扉がノックされたので動きを止めた。

「誰だ」

「父上。シリルです」

「入りなさい」

「失礼いたします」

シリルはエリオン男爵の長男であり、ソフィアより二歳年下で、現在十六歳のアカデミーの学生である。

「父上。先の学力考査の結果をお持ちしました」

そう言ったシリルの表情は暗く、エリオン男爵は結果が記された羊皮紙を受け取る前から大体の結果を察した。

ちなみに、エリオン男爵は先ほどシリルに学力考査の結果を持ってくるようにと伝えていたのだが、そのこと自体を失念していたのだった。

「以前と比べて随分と落ちているな。まったく、お前の姉上は常に学年首位をキープしていたのだぞ。エリオン男爵家の跡取りのお前が、もっとしっかりしなくてどうするのだ」

そう言うと、気持ちが晴れ渡るようだった。

どうにも、最近ではいなくなったソフィアの代わりに、何かと劣っていることが目につきやすくなったシリルに当たることが多い気がする。

尤(もっと)も、ソフィアに対してはいないように接することで当たっていたのだが。

「……リナお姉様は首位をとったことがないと聞いておりますが。もしや、それはソフィ……」

「黙れ!!」

エリオン男爵は咄嗟(とっさ)に大声で怒鳴っていた。

心なしかシリルの瞳がスッと冷めたように感じる。

「あれは我が家にはいなかった存在だ。二度と口に出すんじゃない!」

「……分かりました。それでは僕はこれで失礼します」

「ああ。勉学に励むようにな」

「はい」

そう言ってシリルが退室する姿を、エリオン男爵は苛立(いらだ)ちを隠しきれずに見送った。

「……あれが優秀だったなどと、そんなことがあってはならないのだ」

その呟きは、室内に虚(むな)しく響いたのだった。

第二章　お食事会

ソフィアがグラッセ公爵邸で暮らし始めてから一週間ほどが経過した。

ソフィア自身はお飾り妻を極めようとしているのだが、周囲はあくまでも彼女をジークハルトの妻として敬っている。

それはとてもありがたいと思う反面、ソフィアはなぜか心に形容しがたい鈍い痛みを感じるのであった。

それは、おそらくソフィアが一年後にはこの屋敷(やしき)を去らなければならない立場なのにもかかわらず、皆から好意的に接してもらうことが常となることが怖いからなのだと漠然と思うのだ。

だから、ソフィアはグラッセ公爵家での日々を大切に過ごそうと心に決めた。

そして、今日はソフィアの初仕事の日である。

ただ、ソフィアがトーマスと共に仕事をすることは公にはできないので、あくまで彼の補佐をソフィアの空き時間に少しだけ行っている体でいなければならない。

なので、制限時間は四十五分と短く設定されている。

「奥様。本日からどうぞよろしくお願いいたします」

「はい。エドワードさん、こちらこそどうぞよろしくお願いいたします！」

「では、今日は初日ですので、奥様におかれましてはこちらの書類をお読みいただきまして内容の把握をしていただければ幸いです」

「はい！　承知いたしました！」

早速、トーマスから手渡された書類を受け取ると、ソフィアは「感動スイッチ」を一旦オフにして、深呼吸をしてから立ったまま部屋のすみで書類を読み始めた。

「奥様。よろしければこちらのソファにお掛けくださいませ。私は使用人の立場ではありますが、旦那様からはこの執務室では旦那様の机を使用する以外は自由に差配することを許されておりますので」

「ご配慮をいただきまして、ありがとうございます」

それから、ソフィアは指定された書類を読み込み、持参した事典を引きながら用意してもらった紙に様々なことを書きこんでいった。

そして、十分ほどで全てを読み終えると、立ち上がり向かいの席で決裁書類の確認をしているトーマスに話しかけた。

「エドワードさん、読了いたしました」

「もう完了したのですか？」

「はい。加えて書類に誤字や語句の誤用、及び法令の誤解釈等が数ヵ所見受けられましたので、こちらにメモを取り修正の提案を記しておきました」

「‼　なんと！」

トーマスは勢いよく立ち上がり書類の確認をすると、声にならない声を漏らした。

「これは、的確な修正をいただきまして誠にありがとうございます、奥様！」

　ソフィアは、普段から冷静な彼の弾んだ声を初めて聞いたと思った。

「奥様。実は、書類はまだ大量にあるのですが、あちらにも目を通していただいてもよろしいでしょうか？」

「はい、もちろんです」

　そうして、ソフィアは制限時間いっぱいまで書類の修正をして過ごし、目前の確認前の大量の書類は全て確認済みのカゴへと移ったのだった。

「奥様、ありがとうございました。本来、本日は業務内容をご理解いただくためにこちらの書類を確認いただこうと考えておりました。書類は複数の人間の手で作成されておりますのでどうしても誤字、誤解釈がいくらかは発生してしまうのです」

　ソフィアは小さく頷（うなず）いた。

「ええ、そうですね。ですが、それは致し方ないと思います」

「はい。正直なところ、普段の業務に手一杯で修正まで追いついていないのが現状です。機密事項もありますので適当な人間に修正を依頼するわけにもいかず、手に余らせていたのです」

「そうでしたか。ですが、これはあくまでも提案ですので、参考程度にしていただければと思います」

「はい、かしこまりました。旦那様によくご相談をいたしますので」

「よろしくお願いいたします」

　それから退室する準備をしていると、トーマスから「ときに奥様」と声を掛けられた。

「来週の土曜日に、このお屋敷にて旦那様のご家族との顔合わせを兼ねたお食事会を行う予定でございます。奥様におかれましては、本日から準備に取りかかっていただきたいのですが」

「準備ですか？」

「はい。座席の指定やお料理の内容、会の段取りなど是非奥様にご相談を申し上げたいことがございます。もちろん、差し支えなければですが」

ソフィアはサッサッと自身のスカートからハンカチを取り出して、目元に当てた。

（ま、まさか、このわたくしにそのようなオファーをいただける日がくるとは……！）

感慨に浸っていたかったが、ソフィアは大きく深呼吸をしてからスッと背筋を伸ばした。

「はい、承知いたしました！　わたくし、本日から誠心誠意全力でお食事会の準備に取りかかりたいと思います！」

「はい、ありがとうございます」

そうして、この日からソフィアは食事会の準備に関わることになったのである。

その日の午後。
ソフィアは家令のトーマスと執事のセバス、加えて古参の侍女マサとソフィアの専属侍女テレサらと共に、食事会の会場とする予定の大広間へと赴いていた。

というのも、会場を実際に確認してから別室に移動して、改めて打ち合わせをしようということになったからだ。

大広間はとても広く、天井には魔法道具のクリスタルのシャンデリアが複数飾られており、室内を明るく照らしている。

ちなみに、ソフィアは魔法道具についての知識も持ち合わせており、学生時代には魔法論についてのスピーチ大会で優勝をしているのだが、アカデミーの普通科の生徒で、それも魔力なしということで周囲がソフィアの実績を重要視することはなかった。

それは、今にして思えば実家の両親や姉からのなんらかの圧力があったのだろう。

また、現在この国では詠唱をして魔法を使う者はほとんどおらず、魔法の大部分は魔力を魔法陣に注いで術式を展開し発動する。

ソフィアの両親と姉と弟も魔法陣を用いた魔法を使用する。

更に魔法道具は魔法陣を道具に刻みつけて魔法を使用するものである。

今から一世紀ほど前に、魔法道具の製造・販売を始めた商会が国内で創立され、そのために自然と魔法道具が世の中に広まり、現状では魔法に触れずに生活をしている者はほとんどいない。

また、グラッセ公爵家が経営しているマジック・ガジェット商会は国内シェア二位を誇っている大手の商会である。

そのことをソフィアは実家に住んでいた頃から知ってはいたが、何分(なにぶん)実家では行動制限が多く入手できる情報も限られていたので、グラッセ公爵家が商会を経営していることまでは把握していなかった。

加えて、ソフィアが先日さりげなく使用人らから聞き出した情報によると、どうやらジークハルトにはかなりの魔力があり上級レベルの魔法も使えるらしい。

ちなみに、ソフィアのように魔力を全く持たずに生まれた人々はこのロジット王国の人口の一割にも満たないほど少なく、そのために彼らに対する風当たりは強いのだ。

ソフィアは、食事会の光景を思い描きながら室内を見回していく。

（なるほど。とても広いですね！　これならば、大勢方が一堂に会しても問題はなさそうです）

更に周囲を見回すと、室内の装飾がどこか味気なく感じた。

（わたくしがお借りしているお部屋はシトラスグリーンのカーテンが飾られておりましたが、こちらは濃い緑色のカーテンで統一されていますね。もちろん各室の用途も違いますし、不自然な点はないのですが、なんというかお部屋に対しての熱意が違うといいますか……）

とはいえ、実家では屋根裏部屋を割り当てられていたし、インテリアのコーディネートなどしたことがないので詳細は不明であるが。

そうして、広間の下見を終えた一同は個室へと移動して打ち合わせを始めた。

「顔合わせは来週末ですし、コース料理の内容はすでに決定しておりますがご確認をお願いいたします。また、旦那様のご親族皆様への招待状の送付はすでに完了し、返信も皆様からいただいております」

「そうですか」

「こちらが食事のメニューと招待客のリストとなります」

ソフィアは執事のセバスから手渡されたメニューと招待客のリストを一覧した。

（安心しました。どうやら、招待客は旦那様の親戚のみですね。わたくしの方の親族は誰一人招待されていないようです）

正直なところ、実の家族と顔を合わせることを考えるだけで気が滅入る。

再び彼らからいないない存在のように扱われるのかと思うと、心が拒否反応を起こすのだ。

（こちらに移住してからまだ一週間ほどですが……）

人は、劣悪な環境から少しでも改善された場所に身を置くと、以前の環境に戻ろうとは思えないものである。

ソフィアの心中にも、まさにそれが渦巻いていた。

そして、ふと自分の弱点のようなものに触れた気がする。

（わたくしは契約が終了し次第ここを去る身です。けれど、そのときに……）

考えると胸の鼓動が嫌な音で高鳴り始めたが、今は食事会のことに集中しようと思い直す。

ただ、一つ気に掛かることがあり、それをそのままにして打ち合わせを進める気にはなれなかった。

そもそも、この結婚自体が期間限定なのだから、顔合わせの食事会を開くこと自体が不必要なのではないかと内心思った。

「一つ、訊いてもよろしいでしょうか」

「はい、奥様。もちろんでございます」

執事のセバスは柔らかな表情で頷いた。

「わたくしたちの結婚において、顔合わせのお食事会を開催する理由はあるのでしょうか」

瞬間、セバスは眉を顰めたが、トーマスが咳払いをしたからかすぐに表情を戻した。

ちなみに、ソフィアが事前に直接ジークハルトから聞き出した内容によると、この場に集まっている使用人らは皆ソフィアの事情を知っているようだ。

そして、セバスの代わりにトーマスが口を開いた。

「はい。……事情がございまして、奥様と旦那様の関係をご親族に周知する必要があるのです」

「そうですか。……納得いたしました」

正直なところまだ疑問は次々に湧いてくるし解消はできていないのだが、とりあえず先の説明で次の段階に進める心持ちになったのでソフィアはそれでよしとした。

また、ソフィアは招待客のリストにジークハルトの父親の名前が載っていたので、内心ドキリとしていた。

何でもジークハルトの父親である前公爵は、嫡男であるジークハルトに爵位を譲り渡したあと、自身は公爵家が統治している領地の一つにすぐに移住したという。

前公爵は決して激情的な人物ではなく、無意味に人を裁くこともしなかった。

ただ、使用人らは彼は寡黙で周囲に対して圧を発しているので、初対面の人は一様に彼から距離を置きたがるともこっそりと言っていた。

（正直なところ、先代の公爵様とお会いすることを考えると今から緊張しますが、わたくしがお飾り妻であるとしても、きちんと挨拶をしておかなければいけません）

ソフィアは一年でここを去る身ではあるが、公爵家でお世話になる以上、前公爵とも面識は持っておきたかった。

加えて、彼が自分のことをどのように認識しているのかも気に掛かる。

ともかく色々気に掛かることはあるが、今は様々な事項の確認を行わなければならないので、そちらに専念することにした。

「お料理はコース料理で、アミューズ、前菜、スープ、魚料理、ソルベ、肉料理、デザートの計七品ですね」

「はい。事前に皆様のお身体（からだ）に合わないもの、嗜好（しこう）に合わないものは除いております」

「そうですか」

食事会に関するリストを再度一覧すると、ソフィアはふとあることが気に掛かった。

「あの、お義姉様（ねえさま）のご子息であるテナー様のことで質問があるのですが……」

「はい。テナー様がいかがなされましたか？」

「実は……」

ソフィアは、ジークハルトの姉の子であるテナーに対してあることが気に掛かり、セバスに対して質問をしたのだった。

そのあとは、トーマスらの助言を元に会場に飾る花の種類や細かい小物の指定を行った。

また、当日に着る衣装の選定のために、翌日の午後にグラッセ公爵家邸の応接間に仕立屋を招いた。

仕立屋は、朗らかな雰囲気の三十代ほどの女性である。

「奥様は華奢でいらっしゃいますので、細身のドレスがどれも美しく映えますわね」

「！　そうでしょうか？」

「はい。何点かご試着いただきまして、お気に召されたドレスがございましたらお声掛けくださいませ」

「はい！　よろしくお願いいたします！」

ソフィアは食事会という大切な場で身につけるドレスは慎重に選ぶべきだと思い、「感動スイッチ」をオフにしようと努める。

だが、初めて目にする新品のドレスがずらっと並べられた様子と、仕立屋の女性からの「美しい」という言葉も相まって中々切り替えられそうになかった。

胸の熱さを感じるが、ともかくすうっと深呼吸をしてから試着に臨んだ。

「とてもお綺麗です、奥様」

「そうでしょうか。ありがとうございます」

五点ほど試着をしていると、扉からノックの音が響いた。

現在、応接間は男性入室禁止であるので、傍に控えているテレサが応答したのちすぐに立ち上がり扉を少しだけ開けた。

すると、テレサはすぐに戻りソフィアに耳打ちをする。

「奥様。旦那様がお戻りになられています」

「だ、旦那様ですか⁉」

「はい。いかがなされますか？」

どうやら訪問者はジークハルトのようだが、現在ソフィアはドレスを試着中である。気恥ずかしさから瞬く間に顔に熱が帯びた。

ただ、ドレスはどのみち食事会の時には見せることになるし、むしろパートナーであるジークハルトとは衣装の色を合わせるなど打ち合わせも必要なので、同席してもらった方がよいだろう。

「承知いたしました。入室していただいてください」

「はい、かしこまりました」

速やかに再びテレサが扉に向かう様子を眺めながら、古参の侍女であるマサも大きく目を見開いた。

「まさか、あの旦那様が、特別に休憩をおとりになられたのでしょうか……」

「それは珍しいことなのでしょうか？」

「はい、とても。というよりは、初めてではないでしょうか」

「そ、そうですか……」

ソフィアの鼓動がより波打つ。

そして、ほどなくジークハルトが入室したのだった。

◇◇

ジークハルトは、応接間に入室した途端に視界に飛び込んできた、ライトイエローのドレスに身を包んだソフィアから、なぜか目が離せなくなった。

（綺麗だ……）

純粋にそう思い呆気（あっけ）に取られそうになるが、自身の用件を思い出すと意識して背筋を伸ばした。

元々、食事会の準備についてはソフィアには仕立屋のドレスを見繕わせるのみで、あとは関わらせないつもりだった。

だが、先の筆記試験の結果や彼女の日頃の姿勢から様々な事柄を任せたいと考え、ソフィアを食事会の打ち合わせに参加させるように、あらかじめトーマスに指示を出しておいたのだ。

また、ジークハルトは元々自分の衣装は既存のものを着用するつもりであったし、そもそもこの時間は商会の仕事中であるので今日の仕立屋の訪問には立ち合わないつもりだったのだが、二時間ほど休憩をとり、屋敷へと赴いたのだった。

ただ、その旨をソフィアに伝えるとおそらく気を遣うだろうし、何か漠然とした気恥ずかしさが湧き上がってくるのでそれは伏せておくことにした。

「旦那様！　お帰りなさいませ」

「ああ、戻った。だが、一時間ほどこちらに滞在したのち再び商会へと戻る」

「そうでございますか。それはお疲れ様です」

ソフィアは頬を染めて、淑やかにカーテシーをした。

そうだ。きっと、自分はソフィアに関わりたいと心のどこかで思ったのだ。

「そのドレス、君にとても似合っているな」

「――――‼」

瞬間、ソフィアは目を見開き、しばらく動きを止めた。

「大丈夫か？」

「はっ！　はい！」

ソフィアは気を取り戻したのか、目をパチクリと瞬かせてジークハルトと向かい合った。

「旦那様。……もしかして、このドレスを素敵だとおっしゃったのでしょうか……？」

「あ、ああ」

改めて訊かれると、妙に照れくさく、ジークハルトは思わずソフィアから目を逸らした。

（いや、ドレスではなくて、本当は君が綺麗だと言いたかったのだが……）

「――――‼　ありがとうございます、旦那様！」

そう言って満面の笑みを浮かべるソフィアを見ていると、何か自分の胸の中から形容しがたい感情が湧き上がってくるようだ。

コホン。

そのようなやりとりをしていると、傍に控えているトーマスが軽く咳払いをした。

「そのドレスもよく似合っているが、君はこれまでいくつか試着したのだろう？　その中で、気に入ったものはあっただろうか」

瞬間、ソフィアは動きをピタリと止めて、「そうですね……」と言ってから並んだドレスを眺めた。

「……どのドレスもとても素敵ですが、わたくしはあちらの水色のドレスがこの中でもより好きです」

遠慮がちに呟くように告げたのは、きっとソフィアが「自分には発言権はない」という環境下で育ったためなのだろう。

尤も、彼女は発言権どころかいないものとして扱われて育ったのだが。

ソフィアが視線で指した先に目を向けると、水色の品のよいドレスがハンガーラックに掛けられていた。

なるほど。確かに銀髪にアイスブルーの瞳を持つソフィアには似合いそうだとジークハルトは思った。

「そうか。では、もしよければもう一度試着してもらってもよいだろうか」

「！　は、はい！」

男性入室禁止ということでジークハルトとトーマスは速やかに退室し、しばらく経つと侍女のマサが扉を開き入室を促した。

すると、目前には水色の刺繍とレースをあしらった見事なドレスを身につけたソフィアが綺麗な姿勢で立っていた。

ジークハルトは思わず息を呑み、全身に強い衝撃が走るのを感じた。

「とても綺麗だ」

「！　旦那様……」

ソフィアはさっきとは打って変わって、今にも泣き出しそうな表情をしている。

「旦那様……、それを受け止めるには、わたくしにはキャパオーバーです……」

「キャパオーバー？」

ソフィアが何を言っているのかはいまいち分からないが、そう言って苦笑した彼女を見ていると嫌がっているわけではなさそうだと内心で安堵する。

「それでは旦那様。わたくしはこちらのドレスに決定しようと思うのですが、いかがでしょうか？」

「ああ。私も、このドレスは君にとても似合っていると思う。決定してもよいのではないだろうか」

欲を言えばあと何着か彼女がドレスを着ているところを見てみたいと思うが、ジークハルトは休憩をとってこの場に来ている身であり、あと二十分ほどで出立しなければならないのでそれは難しいだろう。

そもそも、自分のために何着も着脱してもらうのは気が引けた。

「では、こちらのドレスを奥様のお身体に合うように調整させていただきます」

「ああ。よろしく頼む」

「かしこまりました」

仕立屋の女主人は、緊張した面持ちでジークハルトに対してお辞儀をした。

思えば、仕立屋を屋敷に呼び出したこと自体、何年ぶりだろうか。

母親や姉のアリアが屋敷に居住していたときは夜会シーズンの前になるたび呼び出しており、それこそ母親は姉とは異なりシーズン以外にも頻繁に呼び出していたと思う。

今回、呼び立てた仕立屋は姉らが贔屓（ひいき）にしていた店の女主人であるが、これまではオーダーメイドで注文をするのが常だった。

今回はオーダーメイドではなく既製品を試着して手直しをするように依頼をしたのだが、それにもかかわらずジークハルトが様子を見に来たので不思議に思っているのかもしれない。

「では、旦那様のご衣装ですが、いかがなさいますか」

「私の衣装は妻のドレスと色味を合わせてくれ。また小物も妻のドレスの色味と合わせて欲しい。ただ今は時間がないので改めて来店し決めたいと思うが、よいか」

「はい。もちろんでございます。それでは何点か見繕いますので、用意が整いましたらご連絡をさせていただきます」

「ああ、頼む」

そうして仕立屋とのやり取りは完了したのだが、傍ではソフィアが大きく目を見開いて動きを止めていた。

「どうしたのだ？」

「はっ！　旦那様。今、夢のような言葉が聞こえたものですから！」

「夢のような言葉？」

何のことかと思考を巡らせてみる。

すると、これまでのソフィアの言動や思考からおそらくある言葉に反応をしたのだと推測した。

だが、それを周囲の者に聞かれたら彼女のプライバシーを損ねてしまう可能性があるので耳元でそっと囁く。

「もしかして、『妻』という言葉に反応したのか？」

瞬間、ソフィアの身体がビクンと跳ね、瞬く間に顔が真っ赤になっていく。

その反応が何だか可愛らしいと思っていると、ソフィアが再び「キャパオーバーです……」と呟いた。

それから、ジークハルトは仕立屋が差し出した色見本表から色を指定すると商会へと戻る時間となった。トーマスと共に退室したのだが、ある点が気に掛かった。

「皆、とてもよい顔をしていたな。何と表現してよいのか分かりかねるが、居心地がよかったな」

その言葉に反応したのか、ジークハルトの後ろを歩いていたトーマスはピタリと動きを止めた。

「それは、お二人のご様子がとても微笑ましかったからだと思われます」

ジークハルトは玄関でトーマスからフロックコートを受け取り、流れ作業でそれを羽織りながら首を傾げた。

その様子にトーマスは小さく苦笑したが、彼がポツリと「奥様がお越しくださって、喜ばしい限りです」と呟いた言葉が、しばらくジークハルトの耳の中で響いたのだった。

食事会当日。
食事会は夕方の十八時からだが、十四時を過ぎた頃から客人が訪れた。
ソフィアとジークハルトは中央玄関にて客を歓迎し、皆一階にある来客用の応接間に案内してメイドや執事がお茶やお菓子を提供し、くつろいでもらっている。
そんな中、ソフィアは昨晩の夕食時のジークハルトとの会話が印象的だったのでそのときのことを思い巡らせた。

「……ご親族の皆様は、わたくしたちが契約結婚だということをご存じではないのですか」
「……ああ」
ソフィアはティーカップをソーサーの上に置いて、改めて背筋を伸ばした。

「……承知いたしました。では、そのように認識して対応いたします」

ソフィアはニッコリと笑顔を浮かべるが、ジークハルトは目を細める。

彼女は、ジークハルトのこういった表情は何か腑に落ちていないことや言いたいことがあるときの表情だろうということをこれまで彼と接した経験から理解していた。

「理由を訊かないのか？」

「旦那様。旦那様のご親族方がご承知でないのであれば、旦那様が契約結婚をなさることは個人的な理由ということになるかと思います」

「……ああ、そのとおりだ」

ソフィアは穏やかに微笑んだ。

その瞳には強い意志のようなものが感じられる。

「ならば、今回のわたくしのお役目は、あくまで本当の妻のように振る舞うことですね。かしこまりました。わたくし、一晩かけて精一杯イメージトレーニングをして励みますので！」

意気揚々と言い切ったソフィアに対して、ジークハルトは何かを言おうとしたのか口を開いたのだが、首を小さく横に振って息を吐いた。

「……ああ、よろしく頼む。加えて、君はあくまでも夫人専用の私室を使用していることとするので、悪いが今日から一時的に部屋を移ってもらえないだろうか。君の衣服などは速やかに移動するように手配をする」

「はい、承知いたしました」

　ジークハルトは、コホンと軽く咳払いをした。

「ところで、君の親族は事業が繁忙期なので来られないことになっている」

「そうでございますか」

　ソフィアは心底安心し、安堵の息を吐いた。

　その様子を受けてなのか、ジークハルトは再び目を細めたが、今度は自身のコーヒーカップに手を伸ばすのみで言葉を発することはなかったのだった。

◇◇

　ジークハルトの叔父や叔母を迎え入れたあと、ほどなくして白髪の長身の男性が玄関の扉をくぐった。

　彼は、ジークハルトと同じく涼しげな目元にダークブラウンの瞳をしており、ソフィアは間違いなく彼がジークハルトの父親だと思った。

「父上。お久しぶりです」

「ああ。元気そうだな」

「はい」

　ソフィアは緊張から身体が硬直していくように感じたが、ともかく今は自分の役目を果たそうと手を握りしめる。

「初めましてお義父様。わたくしはソフィアと申します。よろしくお願いいたします」

ソフィアは綺麗な姿勢でカーテシーをした。

先日念入りに選定した、胸元に多くのスパンコールが輝きスカートには繊細な刺繍が施されている水色のドレスを身につけたソフィアは、普段とは違う洗練された印象を周囲に与えている。

ジークハルトは紺色のウエストコートの上にフロックコートを着込んでおり、そのどちらとも、袖や服の裾部分にアクセントとなる水色の刺繍が施されている。

また、胸元のポケットには水色のチーフを綺麗に折りたたみ挿していた。

「……ああ。ソフィアさん、私はジークハルトの父ポール・グラッセだ。こちらこそ、よろしく頼む」

「はい」

ポールはソフィアの方を見ると目を細め、次に彼女の隣に立つジークハルトへと視線を移した。

「……ジークから急に結婚をしたい相手ができたと手紙をもらったときは驚いたが、……あなたを見たら納得がいった」

(……?)

ポールから思ってもみなかった言葉をもらったので思考が鈍るが、徐々にその言葉の意味を理解すると冷や汗が滲む。

(そ、それは好意的と捉えてもよろしいのでしょうか？　ですが、何と返すべきなのか……)

受け答えに困っていると、ジークハルトが口を開いた。

「手紙にも書きましたが、彼女とは友人を介して巡り合うことが叶いまして、……彼女と彼女のご両親との話し合いにより婚約期間を設けずに結婚の運びとなりました」

「……そうか。結婚式は来年に行うということだが」

その言葉に、ソフィアは瞠目した。

（そうです、そういう『設定』になっているのですよね！）

そもそも、この契約結婚自体がどうも「ソフィアの父親からの一方的な提案」らしく、そのためによく考えると色々と不自然な点が多く、叩けばすぐ埃が出てくるのだ。

なので、ソフィアは最低でもジークハルトの父親や姉らはこの件を知っていると思っていたのだが、そうではないと知って意外に思った。

「婚姻自体が急でしたので、せめて結婚式は念入りに準備を行いたいと思いまして」

「そうか。……そのことについては後ほど話そう」

「はい」

そうしてポールは応接間へと入り、ソフィアは小さく息を吐いた。

「と、とりあえず、やり過ごすことができましたでしょうか」

そもそも、公爵家への嫁入りともなれば随分前から念入りな準備や婚約期間が必要であり、このような形で結婚をすることは通常では考えられないだろう。

だが、これまで接してきたジークハルトの親戚や父親は皆、なぜかソフィアに対して少なくとも拒否反応を示すということはなかった。

それはなぜなのだろうと思案すると、ふとあることに思いあたる。

（そうです。今回はお義父様のみのご招待ですが、お義母様（かあさま）には招待状をお送りしていないのですよね。……そもそも、お義母様に関してはこれまでまったく話題に上りませんでしたが……）

きっと、それと突然結婚したというぽっと出の自分が非難されないこととは関係があるのかもしれない。

そう思っていると、新たな招待客が現れた。

まず、黒い長髪を編み込み後頭部にまとめた髪型に、紫色の品のよいドレスをまとった、見たところ二十代後半ほどの女性が扉をくぐる。

次に、彼女よりもやや年上と思われるハニーブロンドの柔らかい雰囲気の男性、加えて、黒髪の少年とハニーブロンドの少女が扉をくぐった。

（もしかして、こちらの素敵な女性と殿方とお子様方は……！）

「姉さん、今日はよく来てくれた」

「ええ。あなたとは話したいことがあれば商会で話すことはできるのだけれど、……あなたがソフィアさんね」

「初めまして。わたくしはソフィア・グラッセと申します。よろしくお願いいたします」

「ええ。わたくしはアリア・テレジアです。こちらこそよろしくね」

「はい」

ジークハルトの姉であるアリアは、微笑を浮かべてはいるが屋敷の敷地（しきち）に足を踏み入れてからソフィアに対して強い眼差（まなざ）しを向けている。

ソフィアは彼女に対して、漠然と一筋縄ではいかない相手だと感じた。

だが、アリアに対し質問があるので、気を引き締めるために小さく息を吐きだしてから背筋を伸ばした。

「あの、つかぬことを伺いますが、ご子息のテナー様は最近食べ物の嗜好が変化しませんでしたでしょうか。それとも、事前にご提示をいただいた情報は元々のお好みでしょうか」

アリアと夫のレオは、顔を見合わせると小さく頷き合った。

「ええ、確かに最近食べ物の嗜好は変化したけれど」

「承知いたしました。ご回答をいただきましてありがとうございます」

（やはり、思ったとおりのようですね！）

ソフィアがそう思っていると、アリアはそっと扇子（せんす）を口元に当てた。

「それでは、ソフィアさん、ジーク。また後ほどお会いしましょう」

「はい。よろしくお願いいたします」

そうして、玄関での親族らの出迎えは無事に完了した。

「旦那様。皆様、とてもお優しくて安心いたしました」

「……ああ」

ジークハルトは何か思案しているのか、どこか遠くを見ているようだ。

「それでは、わたくしは一度失礼いたします」

「ああ」

それから、ソフィアはある指示を出すために厨房（ちゅうぼう）へと向かったのだった。

定刻になり、食事会が開始された。

会場の中央に置かれた長方形のテーブルでは、招待客らを含めた九名が一堂に会して食事をしている。

初めは皆黙々と食していたのだが、前菜のあとのスープが運ばれてくると、徐々に会話が交わされるようになる。

「今日は、久方ぶりにこの屋敷を訪れることが叶い安心した」

そう切り出したのは、ジークハルトの叔父のハリーである。

ハリーには一人娘がおり、確か彼女が爵位を継ぐ予定であると記憶している。

このロジット王国では女性にも爵位の継承が認められているのだ。

「ハリーは、前回ここに来たのは十年ほど前だったか」

「いや、もっと前だろう。何しろこれまで……」

ハリーは迷ったのか、そのあとの言葉を紡ぐのを躊躇（ためら）っているようだ。

（最近まで、あまり交流がなかったのでしょうか？）

ソフィアは疑問に思うが、立ち入ったことだと思いその疑問は胸にしまうことにした。

「そうだな。……そういえば二人は指輪をしていないようだが、まだ作っていないのか？」

ソフィアはドキリとするが、ジークハルトは涼しい顔をしている。

「はい。現在、注文をしているのですが完成するのに三ヵ月ほどかかるそうです」

「そうか。大切なものだからな」

「はい」

もちろん、それは架空の話である。

実際に指輪の注文などしてもいないし、そもそもソフィアはこれまで指輪を一度も嵌めたことがなかった。

（結婚指輪ですか。わたくしには、きっとこれからもそういったものとは縁はないかと思いますが、せめて一度は嵌めてみたかったですね。……いえ、やはりそれはわたくしには過ぎたことです）

契約結婚の身とはいえ、ここ二週間ほどの間実家よりも遥かに好環境で生活をしていたからか、いつの間にか恩恵を享受することを心のどこかで当然だと思っているのかもしれないとソフィアは思った。

だが、その考えは改めなければならないと警戒の念を抱く。

（いつかこのお屋敷を離れるとき辛くなるので、そういった幸せはいっそのこと知らない方がよいのです）

もう現実を何も知らない、夢だけを見ることのできる子供ではないのだ。

自衛をしなければ、不意打ちを突かれて手酷い傷を心に負うことになるだろう。

そう思い、何の気なしに左手の薬指を眺めていると、ジークハルトが軽く咳払いをしたからか、皆食事へと戻った。

皆の動向を注意深く見守りながら、ソフィアは目前のアスパラガスのガスパチョをスプーンで口に運んだ。

（とてもみずみずしくて美味しいです‼　シェフには後で改めてお礼を伝えなければ！　ああ、この感動を今すぐ誰かに伝えたいです‼）

心が躍り幸せを噛みしめていると、ふと周囲の視線が自分に集中していることに気がついた。

（思わず表情に出してしまいました）

慌てて戻そうとしていると、ジークハルトの姉のアリアがソフィアに対して声を掛けた。

「ソフィアさんは、とても美味しそうに食事をなさるのね」

和やかな表情でそう言われたので、固まった身体が徐々にほぐれるように感じた。

（これは言葉どおりに受けとってもよろしいのでしょうか）

幼い頃から現在に至るまで、ソフィアは貴族令息や令嬢らとほとんど交流することができなかったので、これがよく貴族同士で行われているという言葉の駆け引きなのかどうかの判断がつかなかった。

なので、ここは下手に判断をするのは危ういと思い言葉通りに受け取ることにした。

「はい、とても美味しいガスパチョですので、つい顔がほころびました」

「そう。美味しく食事を摂れることはとてもよいことね」

そう言って、アリアも食事を再開したので、彼女に嫌悪感は抱かれていないようだとホッと胸を撫で下ろす。

そして、ソフィアも再び食事をしようとガスパチョをスプーンで掬うと、何かが床の上に落ちる音が周囲に響いた。

瞬時に音が聞こえた方に視線を向けると、どうやらアリアの息子のテナーがスプーンを誤って床に落としてしまったようである。

「すみません」

ソフィアは誰よりも早く右手を上げると、すぐさま駆けつけた給仕に小声である指示を与える。

「かしこまりました」

給仕は頷くと一度隣の控室へと移るがすぐに戻り、テナーに「特別製のスプーン」を手渡した。

その様子にアリアは目を見開き、ソフィアに対して「ありがとう」と伝えたのだった。

そして、しばらく間を置いてから再びアリアが口を開く。

「……ソフィアさんの夫人教育は、どのあたりまで進んでいるのかしら？」

「!!」

夫人教育……。

公爵夫人となったのだ。本来ならば、当然受けなければならないだろう。

だが、ソフィアはこれまでに夫人教育を受けたことはないし、またそのことについてジークハルトと打ち合わせてもいなかった。

（ここは、下手に答えない方がよいのかもしれません。一般的な夫人教育で何をするのかは大方把握はしているのですが、流石にこのグラッセ公爵家で行う内容までは把握しておりませんので）

ソフィアが背筋を伸ばしてチラリと隣に座るジークハルトを横目で見やると、彼は特に動じた様子もなく涼しい顔をしている。

「彼女の夫人教育に関しては概ね問題なく進んでいる。また、徐々にではあるが、彼女には私の執務室で仕事をしてもらっている」

その言葉に、ソフィアは瞠目した。

夫人教育に関しては虚偽であるが、ここでは真実を伝えるわけにはいかないので納得した。しかし彼の続けた言葉は思いもよらぬものであった。

（旦那様？　その件は、あくまでも公にはしないのではなかったのでしょうか……！）

これまで、ソフィアはほぼ毎日午前中にジークハルトの執務室に赴き、時間は一時間にも満たないが家令のトーマスと共に書類の整理を行っていた。

特に、月末になると大量に書類が管理人から届くので、いつでもその受け入れができるように常に未処理の書類はないようにしてあった。

また、現在は前年度以前の書類の整理、各領地の状況及び問題点の把握を行っている段階である。

ソフィアは、ジークハルトが公爵家の仕事に彼女が関わっていることをここで公言したのに驚いたが、その言葉を聞いた親族一同も大いに驚いたらしく、皆唖然とした表情をしている。

「……すでに、執務室に入ってもらっているの……？」

「ああ。もちろん私が彼女の力量を測った上で判断した。彼女の能力は非常に高い。彼女は前年度のアカデミーを首席で卒業しているし、何をしても正確だ」

ジークハルトの発した言葉の全てが、ただソフィアを褒め称えるものであったので、全身にまるで沸騰したような熱が駆け巡り、嬉しさや気恥ずかしさでどうにかなりそうだった。

加えて、ソフィアは昨日の夕食のときにジークハルトから「ソフィアの有益な情報を親族に開示をしてもよいか」と問いかけられたことを思い出す。

その際、「もちろんです。どうぞご自由に開示してください」と答えたことも思い出した。

（皆様不審に思っていらっしゃらないでしょうか……。それにしても、あの言葉はそういうことだったのですね……！　そういえば、昨夜旦那様にアカデミーでの成績などを訊かれましたので答えたのでした）

重たい身体を何とか持ち上げてチラリと一同を見回してみると、皆が一斉にキラキラとした眼差しをソフィアに対して向けていた。

「あの難関のアカデミーを首席で卒業？　留年をせずに卒業をするだけでも難関と言われている、あのアカデミーを？」

声を上げたのはアリアの夫のレオだ。

心底驚いているのか、彼は大きく目を見開いている。

「……ソフィアさんは、魔法科だったのかしら？」

「い、いえ……。わたくしには魔力がありませんので普通科でした……。それに王都のアカデミーではなく地元の分校の首席です」

ソフィアは顔をうつむかせた。

この国は魔法使いの権力が強く、ジークハルトの親族の中で魔力がないものはいなかったと記憶している。なので、人によってはソフィアを蔑視する可能性もあるだろう。

(失望されるでしょうか……)

そう思いながらおそるおそる顔を上げてみると、予想に反して皆の表情は先ほどよりも煌(きら)めきを増していた。

「そうなのね！ それであれば、魔力量は関係がないから完全に実力というわけね。それに分校でも首席は凄(すご)いわ！ 首席は魔法科の生徒と普通科の生徒全体の中から決めると聞いているし、それを考慮するとより凄いわね！」

思いがけずアリアがよい方向に受け止めてくれたので、ソフィアは狐(きつね)につままれたような気持ちになった。

(もしや、わたくしに魔力がないことを好意的に受け入れてくださっているのでしょうか……？)

そう思うと心が震えて、握っているスプーンを思わず落としそうになるが、すんでのところで堪(こら)えた。

「ソフィアさん。まだまだ慣れないこともあるでしょうけれど、何かあったらわたくし相談に乗るので気兼ねなく言ってね」

「お義姉様、ありがとうございます」

ジークハルトの父親のポールも深く頷き続ける。

「私も全面的に協力する。……いや、君なら心配ないな」

それは、ソフィアに向けられたというよりは、別の何かを見据えているように感じた。

また、アリアは何かを言いかけたが、少し時間をおいてソフィアに対して口を開いた。

「ソフィアさん。もしよろしければあとでお話しできるかしら」

「はい。もちろんわたくしは構いませんが……」

ジークハルトに視線を移すと、彼は小さく頷いたのだった。

◇◇

食事会が終わるとジークハルトらはそれぞれの部屋へと戻ったが、ソフィアとアリアは一階の応接間へと移動した。

ちなみに、ジークハルトの叔父と叔母は食事会が終わると帰宅したが、アリアの家族やジークハルトの父親は屋敷の客室で一泊してから帰宅する予定である。

そして、二人は向かい合ってソファに腰掛けると、テレサが入室し、それぞれにティーカップを置いた。しばらくしてアリアが切り出す。

「単刀直入に言うわね。ソフィアさん、この結婚生活に不安はない？」

「はい。皆さんよくしてくださいますし、何の不安もありません」

ソフィアは、思わずいつものように勢いよく言い切りそうになったが、アリアを驚かせてはいけないと思いすんでのところで堪えた。

「けれど、急に決まった結婚であるし結婚式もこれからでしょう？　そのことに不満はないのかしら」

「いいえ、特にはございません」

「そう。それならばよかったけれど……」

アリアは、ティーカップを手に取り優雅な仕草で口をつけると、再びソーサーの上に置いた。

「ソフィアさん。あなた方の結婚式のことなのだけれど、もし、妊娠や出産の時期と重なったら日取りを延期する等の配慮をすることもできるので、その件に関しては心配なさらないでね」

ソフィアは瞬間、目をパチクリと瞬かせた。

（妊娠、出産？　どなたか吉事があるのでしょうか。……い、いえ。そうでした。わたくしはあくまで旦那様の妻でしたね）

「はい。ご配慮をいただきましてありがとうございます」

「最近では多いのよ。貴族の間でも結婚後に式を挙げることが。元々婚約をしていた場合はあまりないようだけれど、夜会などで出会った場合は特に」

「そうでございましたか」

ソフィアは、そういった方面には疎いので純粋に言葉どおりに呑み込んだが、どこかアリアの言葉に含むところがあるようにも感じられる。

「……なので、突然ジークから男爵家の令嬢と結婚をすると聞いたときは、もしや吉事があったのかと思ったのだけれど……。過去にあのようなこともあったわけであるし、わたくしたちは彼が結婚をすることにもうほとんど望みを抱いていなかったの」

思わぬ言葉にソフィアは瞠目するが、過去に何かが起きたのでジークハルトの親族から思ったよりも歓迎されているのかもしれないとも思った。

ただ、「あのようなこと」について心当たりはないのだが。

「けれど、ソフィアさんは率先して公爵家の仕事を行ってくれているし、ジークとの関係を良好に築いてくれているわ。何よりも、今まであのジークが人を褒めるところを見たことがないの。本当に、あなたには感謝をしてもしきれないわ！」

ソフィアは、再び身体の熱が一気に高まったように感じた。

「そ、そんな過分な……」

「いいえ。あなたはとても凄いのよ。お礼を言わせて欲しいわ」

アリアは目を細めてから小さく息を吐き出し、小声で切り出す。

「……あまり、こういうことを言う機会もないだろうから、よい機会なのでハッキリと伝えておくわね。授爵の件に関して実はわたくしはあまり乗り気ではないの。なので、ソフィアさんは何も気を負わなくていいのよ」

ソフィアは再び目を瞬かせた。

「授爵の件ですか？」

「ええ。……ごめんなさい、一気に語ってしまったわね」

アリアは扇子を開き口元に当てた。

（授爵の件とは……。そういえば、お義姉様はわたくしと旦那様の間に……その……）

それ以上はうまく思考が追いつかなかったが、なんとか気力を振り絞った。

先ほどの言葉から推測すると、アリアはどうもジークハルトはソフィアとの間に婚前に子を授かったと思っていたようだ。また、どうもジークハルトはそういったことがなければ、結婚自体をしないのではないかと思われていたと考えられる。

ジークハルトの立場であれば幼い頃から婚約者がいてもおかしくないし、ましてやこれまで何度も夜会に出席しているはずなので同伴者もいたと思われるが、使用人らはそういったことを話題にしないので不明点も多いのだ。

更に、授爵の件に乗り気ではないという言葉により、ある程度のことを推測することができた。

（そうです。おそらく、お義姉様のお子さんのテナー様がグラッセ公爵家の爵位を継承する手筈となっているのですね）

そうソフィアが巡らせていると、アリアは片目を瞑った。

「そうそう、テナーに対しての配慮をありがとう。あの子、水属性の魔力が強いからカトラリーが銀製だと変形させてしまうことがあるのよ。普段の生活は大丈夫なのだけれど、あの子から無意識に溢れている水系魔力は銀くらい強度が弱いものとは、どうも相性が悪いみたいなの」

アリアは、流れるような仕草で自身の髪を掻き分けた。

「もちろん、テナー専用のカトラリーを用意してあったのだけれど、どのようにすり替えようかと思案をしていたら、用意されたカトラリーが特別製だと気がついたの」

ソフィアは、小さく頷く。

「そうでございましたか。……やはり、『属性変換』が起きていたのですね」

「ええ。最初はわたくしと同じ火属性だったのだけれど、最近属性変換が起こってね。ただ、変換は珍しいことなので、できれば周囲にはあまり知られたくはなかったのであえて隠していたの。よく分かったわね」

ソフィアは小さく頷いた。

「はい。最近、食事のお好みが変わったとリストに記載されておりましたので」

「あら、それはどういうことかしら」

「属性の変換が起きると食の嗜好が変化すると聞いたことがあったものですから」

補足をすると、そもそも属性の変換とは名称のとおり属性が変わることを指し、それが起きると食の嗜好が変化したり聴覚が鋭くなったりと、個人差はあるが何かしら人体への変化が現れる可能性が高いらしい。

また、属性の変換は大体五歳から十五歳くらいの間に起きるものなのだが、その発生率は子供の総数の一割にも満たないほど低い。

「ソフィアさんはアカデミーでは普通科だったということだけれど、魔法にも精通しているのね！

……これは一度、是非商会の方でも助言を受けたいわね」

アリアは立ち上がり、口元に扇子を当てた。

「今日はソフィアさんとお話をすることが叶って、本当によかった。それで相談なのだけれど、もしよろしければ後日、商会の方に来ていただけないかしら？」

「商会ですか？」

「ええ。わたくし、経理を担当しているのよ。週に二日ほどの出勤ではあるけれど」

「そうでしたか……！」

聞くところによると、アリアはテレジア伯爵家の女主人の仕事をしっかりと行い、更に週に二日であるが外に働きに出ているとのことである。

貴族の女性が外に働きに出ていることは珍しい。

「お義姉様は、聡明(そうめい)な方でいらっしゃいますね！」

「あら、そうかしら？」

「はい！」

満面の笑みを浮かべるソフィアに、綺麗な顔立ちのアリアは目を細めるが口元を緩めた。

「あなたこそ、とても食えない人のように思えるけれど、……ともかく、商会の件はジークに伝えておくけれどよろしいかしら」

「はい。よろしくお願いいたします！」

そうして、アリアは応接室を辞し、ソフィアも手持ちのベルを鳴らして侍女を呼び出し後片付けの指示を出してから退室したのだった。

それからソフィアは、湯浴みを終えて自室へと戻った。

尤も、今は普段の彼女の私室ではなく、食事会が開催されている間のみ「夫人の私室」を使用しているのだが。

「今日はとても緊張しましたが、なんとか切り抜けられたようで安心いたしました」

ソフィアは部屋の中央に置かれたソファに腰掛けて、小さく息を吐いた。

普段なら湯浴みが終わったあとは読書をして過ごしているのだが、今は普段とは違う部屋におり勝手が違うので時間を持て余しているのだ。

「こちらのお部屋には本棚は置いていないのですね。……そもそも、あまり家具が置かれていないようです」

部屋自体はとても広く、シャンデリアや華美な壁紙など内装にはこだわりが感じられるのだが、元々置いてあったと思われる位置にない家具などもあり、どこか物寂しさも感じた。

「こちらのお部屋を使用されていたのは当然先代の公爵夫人かと思いますが、過去に何かあったのでしょうか……」

呟くと、先ほどのアリアの言葉が過った。

『過去にあのようなことも……』

とても意味深な言葉だが、本来は部外者であるソフィアが立ち入れないことだろう。

そもそも夫婦の部屋を同室にしていた可能性もあるので、その場合は隣の夫の部屋を寝室にしておりこちらの部屋はあまり使用していなかった可能性もある。

また、ジークハルトと初対面のときに彼は「寝室も分ける」と言っていたので、グラッセ公爵家では元々寝室は夫婦同室が基本なのかもしれない。

「それにしても、お義姉様方を騙してしまうようなことをしてしまい心苦しいですね……」

突然、ジークハルトの妻になったと現れた自分に対して、彼の親族が好意的に接してくれるなど、まさか夢にも思っていなかったので、その好意を嬉しいと思う反面、罪悪感も湧き上がるのだ。

「……せめて、お義姉様や公爵家のために何かお役に立ってからここを去りたいです」

小さく呟くと、ソフィアは寝台に潜り込んで操作板を手に取り魔法道具の灯りを消した。

だが、慣れない寝台のためなのか中々寝付くことができず、幾らか時が経つと内扉付近から何か物音が聞こえてきた。

扉を開閉する音のようなので、どうやらジークハルトが私室に戻ってきたようだ。

(旦那様は、どこかに行かれていたのでしょうか？　……もしかしたら、お義姉様方とお話をされていたのかもしれないですね)

そう思うと、少し胸のつかえが取れたように感じる。

元々、あまり交流がない家族だと使用人らが話をしているのを以前に聞いたので、少々心配していたのだ。

(隣の部屋に人の気配がするのはとても新鮮ですが、なんだか安心します……)

そして硬直していた身体が少し解れたからなのか、ソフィアはいつの間にか眠りに落ちていたのだった。

◇◇

翌日の午後。

ジークハルトは父親のポールと姉のアリア一家を見送ったあと、一人執務室にて書類のチェックを行っていた。

一時間ほど作業をすると、軽い疲労を覚えたので椅子から立ち上がり両腕を上げて伸びをする。

すると、ふと窓の外から心地のよい笑い声が聞こえてきた。

何気なく覗いてみると、簡素なデイドレスを身につけたソフィアが侍女のテレサと共に中庭のベンチに腰掛けて談笑している姿が見えた。

ジークハルトはソフィアの笑顔を一目見ると、胸の奥がざわつくような感覚を覚える。

「私は、彼女のことを……」

呟くと、再び椅子に腰掛けて息を小さく吐き出した。

時は遡り、昨日。

ソフィアとアリアが応接間を辞去してから約一時間後。

ジークハルトと父親のポール、姉のアリアは、屋敷の二階にある居間(パーラー)のソファに腰掛けていた。

彼は、食事会の後処理などを執事のセバスに命じ大広間の点検を終えると、元々声掛けしておいた二人が待つ居間へと向かったのだった。

彼は先ほどの食事会用の衣服から私服のラフな白いシャツに黒のウエストコート、黒のスラックスを身に着けている。

ポールも白のシャツにスラックス、アリアは先ほどよりもラフなデイドレスを着ていた。

「彼女ならば問題はないだろう。執務室に赴きエドワードから説明を受けたが、問題なく仕事を行っているようだ」

そう言ったポールの目は、どこか遠くを見ているように感じる。

「ありがとうございます、父上」

「私から夫婦関係の助言はあまりできないが、そうだな。妻の話を聞く機会は設けた方がよいだろうな……」

ポールは更に遠い目をし、そんな彼の様子を受けてかジークハルトの脳裏を幼き頃の光景が過った。

（思えば、父上とあの人が言葉を交わしているところを見たことがない）

「それでは、私はこれで失礼する」

「父上、ありがとうございました」

ジークハルトは立ち上がりお辞儀をし、ポールは片手を上げて応えてから退室した。

彼はポールを見送ると、再びソファに腰掛けてアリアと向き合う。

まるでそれが合図かのように、アリアが間を置かずに口を開いた。

「あなた、ソフィアさんとはどこで出会ったの？」

アリアは開口一番、畳み掛けるようにジークハルトに疑問を投げかけた。

「以前にも話したとおり、友人の紹介で出会ったんだ」

「本当に？　夜会ではなく？　そもそも、あのような女性が慣例どおりではない求婚をよく受け入れてくれたわね。正直なところ、なぜ彼女はこれまで婚約者がいなかったのか疑問に思うほど素晴らしい女性だわ」

自分にも他人にも厳しい姉のアリアが、他人を褒めている。

それはとても珍しいことだ。

「ああ。俺もそう思う」

アリアは目を細めた。

ちなみに、ジークハルトが自分のことを「俺」と言える相手は限られており、今では数名の気心のおける友人と姉ぐらいである。

ただ、姉とは幼い頃にはよく会話をしたが、ここ十年ほどは会ってもあまり言葉を交わさなかったので、今夜は久しぶりの会話であり内心少し落ち着かなかった。

また、ジークハルトは普段思考をしているときも大方俺とは言わないので、その人称には自分自身で違和感を覚えていた。

「ジーク。わたくしは、実のところあなたが結婚した以上、テナーがこの家の爵位を継承しなくてもよいのではないかと思っているのよ」

アリアのその言葉は、ジークハルトにとって予想をしていたことであった。

ただ、当初は、「ソフィアが子を授かるかは分からないため」だと言ってその案は完全に突っぱねるつもりだった。

だが、今は事情により方針は変えられないが、心からそう思っているわけではない。

「そうだな。……ただ、子は授かり物であるから、授爵状の発行自体は取りやめないつもりだ」

「……そうね」

アリアはティーカップを手に持ち、一口含んだ。

ただ、ジークハルトは授爵状の発行に一年もかかることには違和感を覚えていた。

審査期間があるとはいえ、事前に収集した情報では授爵状の発行は長くとも半年ほどで完了するようなのだ。

おそらく、国王が何かしらの圧力をかけており、それはアリアも気がついているとは思うが、何分国王が絡んでいることなので強く追及することができないでいるのだ。

「ともかく、あなたが結婚をしてくれて本当によかった。あなたには色々とあったから、これからも一生結婚はしないのだと思ったわ」

ジークハルトの胸がチクリと痛んだ。

そもそも、今回の結婚はエリオン男爵からの一方的な提案を引き受けたものであるし、一年間の契約なので周囲に知らせるかは迷ったのだ。

また、父と姉に真実を打ち明けることにも躊躇した。

ただ、箝口令を敷いてはいるがすでに一部の使用人は知っているし、万が一どこかから情報が漏れる可能性もある。

そもそも、契約結婚でなくとも結婚をしていること自体を隠すことは何かと難しいし、隠したままで親族が知ってしまえば争いの火種になりかねないので結婚を知らせたのである。

ともかく、できるだけ早いタイミングで自分の口から事情を説明しようと思った。

ただ、父親には打ち明けるタイミングがなかったので、まずは姉に打ち明けようと決意する。

「姉さん、実は俺たちの結婚について話をしておきたいことがあるんだ」

「……やはり、何かあるのね」

アリアは小さく溜め息を吐いた。

「いくらなんでも、色々と不自然だもの。……一部の使用人はどこか目が泳いでいたし、緊張感もあった。もちろん、お父様もあえて気づかないふりをしてくださっているのだと思うわ。まあ、叔父様は多分気づいていないと思うけれど……」

その言葉にジークハルトは苦笑するが、内心どこか安堵もした。

やはり、父と姉には秘密にしておけないと実感する。

そうして、ジークハルトはこれまでの経緯をアリアに打ち明けたのだった。

ジークハルトは姉のアリアに「エリオン男爵から契約結婚を持ちかけられたこと」「それを承諾してソフィアを冷遇したこと」「結婚をしないと授爵状を発行しないと国王から条件を課されたこと」など、これまでの経緯を説明した。

説明を一通り聞き終えると、アリアは深く長い溜め息を吐いてから額に手を当ててうなだれた。

「……事情があったとはいえ、最低ね」

「自覚している」

「……それで、ソフィアさんはどうなる予定なの……」

「予定では、彼女は病床に伏せたことにして領地の別邸でしばらく療養をすると公表する手筈だった。また療養に時間がかかるために離縁をすることにして、彼女はその地で数年後に平民として暮らす予定となっていた」

アリアは再び深い溜め息を吐いた。

ジークハルトは、アリアは激怒するのかと思ったが、その力もないのか深くソファにもたれ掛かっている。

「……最低。どうしてそのようなことが思い浮かぶのか、全く理解に苦しむわ」

アリアが額に手を当てて息を吐き出すと、ジークハルトも深く頷く。

「同感だ。……いくら俺が結婚に消極的であり、結婚しなければテナーに爵位を継承することができなくなるとはいえ、本来ならばあのような申し出を受け入れるべきではなかった」

その言葉を受けてなのか、アリアは目を細めた。

「申し出を受け入れたあなたも最低だけれど、そもそも、そんな提案をしてきたエリオン男爵は最低最悪よ。……そう思うと、ソフィアさんを親元から引き離せたことに関してだけは、……こんな言い方をするのは違うのかもしれないけれど、よかったのかもしれないわね」

ジークハルトの心は揺れたが、その言葉を受け入れる資格は自分にはないとも思った。

そもそも、ソフィアが自発的に動いたことで彼女を取り巻く様々なことが好転したのだが、裏を返すとそれはソフィアが自発的に動かなければ、ジークハルトはソフィアに対してアリアの言うところの「最低な行い」をし続けていたことになる。

「そうだな。俺にはそう思う資格はないが……」

「……今だから言うのだけれど、わたくしは学生のころのほんのひととき、弟のあなたを差し置いて自分が爵位を継ぐことを考えたの」

このロジット王国では女性が爵位を賜る（たまわ）ことが可能なので、割合は低いのだが爵位を持つ女性もいるのだ。

だが、その場合は大抵親族に爵位を継げるような男性がいない場合であり、アリアは弟を尊重していたし、そもそも父親や親族が賛成しないだろうからと、夜会で知り合ったレオと結婚してテレジア伯爵家へと嫁入りしたのだ。

また、「公爵家を継ぐのはアリアの二歳年下のジークハルトにする」ことは随分前に父親が決定しており、そのためなのか元々アリアは社交界デビューをしてから婚約者を選定することとなっていた。ただ、ジークハルトは姉が爵位を継ぎたいと思っていたことは彼女が結婚してから知ったのである。

というのも、アリアが嫁入りしてから所用のために立ち入った彼女の元私室の本棚にズラリと並んだ、領地や使用人に関する大量の資料を目の当たりにしたからだ。

「俺としてはそれでもよかった。むしろ、事業の手伝いができれば立場はなくても構わない」

「わたくしが構うわ。それに、お母様の件もあることだし、お父様や親族はわたくしが爵位を継ぐことは絶対に許さなかったでしょうし……。加えて、あなたには民を統率できる素質があるけれど、わたくしにはないわ。それは自覚があるもの」

ジークハルトとしては国王から「結婚をしなければ授爵状の発行をしない」と宣言されたときは、アリアに爵位を継いでもらうことも考えた。

だが、それはアリアが結婚してグラッセ公爵家を出ている時点で難しく、仮に無理を通そうとしても結局は国王の許可が必要になるのでその案は却下したのだ。

アリアは、小さく息を吐き出してから背筋を伸ばした。

「けれど、きっとまだグラッセ公爵家に未練があるから、今わたくしは実家の事業の手伝いをしているのかもしれないわね」

アリアが商会の手伝いをしたいと申し出たのは昨年で、丁度ジークハルトが爵位を継いだ頃であった。

それまでは、アリアとはほとんど交流を持っていなかったが、アリアとしては実家と絶縁したような状態でいるのが心苦しかったのかもしれない。

加えて、ジークハルトが爵位を継いだときに父親のポールが引退することになり、そのとき久しぶりにこの屋敷にて三人で食事をしたのだ。

その際に、ジークハルトはテナーを自分の養子にして爵位を継がせたいとアリアに相談したのである。

だが、アリアはテレジア伯爵家をテナーが継ぎ、娘のリリは良家に嫁がせたいと考えていたらしくあまりよい顔はされなかった。

ジークハルトは、アリアから「テナーを養子に出す代わりに、アリアが商会で働くことに異を唱えない」という条件を提案されて承諾をしたのである。

補足をすると、この国では授爵状の発行自体は養子縁組の手続きを行わずとも可能であるので、まず授爵状が発行されてから養子に出すとアリアから追加の条件を出されたのだ。

「もちろん本人の意思を尊重することは大前提だけれど、わたくしは、……本音を言うとソフィアさんにはこの家の本当の家族になってもらいたいと思っているわ。ソフィアさんは優秀である上に、細やかな配慮のできる素敵な人よ。けれど……」

「酷い提案をしたあなたにはソフィアさんはもったいない」という言葉も続けて聞こえてくるようで、ジークハルトは内心で小さく頷いた。

「ソフィアさんに無礼を謝って、少しずつでも距離を縮めなさい」

「だが、俺にはそのような」

「資格がないなんて言わせないわ。……けれど、きっとあなたやソフィアさんの性格では全く関係が進まないうちに契約期間が終了してしまうのでしょうね」

遠い目をしたアリアを見ていると、ジークハルトは確かにその通りだと思った。

「俺としては当初の計画通りではなく、契約期間が終了したのち、彼女の意思を尊重して好きな道を進めるように全面的に協力するつもりだ。そのために、俺と離縁をしたことが彼女にとって負の事態とならないように最大限の対策をする」

「……それはダメ。ソフィアさんにはこの家の、あなたの本当の妻になってもらうのだから」

そこまで言うと、アリアの瞳の色がふっと変わったように感じた。

「もう、いっそのこと……」

流石に躊躇ったのか、アリアは扇子を口元に当ててジークハルトの耳元に直接囁いた。

「な、何を言い出すんだ」

「エリオン男爵からの契約結婚の申し出を引き受けた人に言われる筋合いはないわ。もちろん、同意のない行為はもっての外だけれど、このままではあなたは自分に資格はないとか言って律儀に契約を遂行してしまうのでしょう？　わたくしは、それにきっとお父様もそれは望まないわ」

アリアはスッと立ち上がった。

「あなたは、ソフィアさんのことをどう思っているの？」

「俺は……」

◇◇

ジークハルトは先日のアリアとのやり取りを思い出し、小さく息を吐いた。

「俺は、彼女のことを……」

呟くと、これまでのソフィアの姿が過る。

『精一杯、お飾り妻として励んでいきたいと思います！』

『わたくしが公爵様のことを、……旦那様、とお呼びしてもよろしいのでしょうか？』

『キャパオーバーです……』

ソフィアの笑顔を思い出していると、扉から四回ノック音が響き渡った。

「旦那様、お茶をお持ちいたしました」

「！　ああ、入るように」

「失礼いたします」

扉を開いて入室したのは、紫色のシンプルなデイドレスを身につけたソフィアであった。

普段であれば、古参の侍女のマサがお茶を持ってくるのだが、今日はソフィアが持ってきたので
ジークハルトは疑問に思った。

「……ああ。ところで、今日はウィルソン夫人が当番のはずだが」

ウィルソン夫人というのは、マサのことである。

「はい。そのとおりなのですが、今日はわたくしがお持ちしたいと思いまして」

「そうか」

ジークハルトが、そっとティーカップを手に取ると、途端に芳しい香りが華やぐ。

一口飲んでみるとよりその香りを感じられた。

「とても美味しいな」

「本当ですか？　安心いたしました！」

パッと表情を綻ばせるソフィアを見ていると、心が浮き立ってくる。

「ひょっとして、君がこのお茶を淹れてくれたのか？」

ソフィアはピタリと動きを止め、瞬く間に両頬を紅潮させる。

「は、はい。あまり慣れていないので自信はないのですが」

「いや、とても美味しい。ありがとう」

ジークハルトは、ソフィアが手に持つトレイにもう一組ティーカップが載っていることに気がついた。

「これは君の分か？」

「！　はい。実はお茶の用意のお手伝いをしてくださったテレサさんが、是非わたくしの分もと」

「そうか。であれば、共にお茶を飲まないか？」

「！　よ、よろしいのですか⁉」

「ああ、構わない」

「ありがとうございます！」

それから二人は場所を変え、二人掛けソファに腰掛けた。

「一緒に飲むお茶はとても美味しいですね、旦那様！」

「……ああ、そうだな」

微笑むソフィアに対して、ジークハルトはこれまで感じたことのないような気持ちを抱いていることに気づいた。

『あなたは、ソフィアさんのことをどう思っているの？』

先日のアリアの言葉が耳に響いた。

（ああ、俺はきっと彼女にたまらなく惹かれているんだ）

そう自覚をすると、胸の奥でつかえていた何か黒いものがスッと消えていくような感覚を覚えたのだった。

第三章　旦那様の職場は緊張します

ジークハルトの親族との顔合わせの食事会から、約半月ほどが経った土曜日の朝。

「奥様。今晩なのですが、旦那様から奥様に居間にてお待ちいただきたいとのご伝言を承りました」

朝食が終わり食後の紅茶を飲んでいたソフィアに対して、侍女のテレサは穏やかに切り出した。

最近では、ジークハルトと共に朝食を摂っているのだが、今朝は彼が早くから出掛けているので給仕の手を煩わせるのは好ましくないと思い自室で摂ったのである。

また、ソフィアの私室は夫人の私室ではなく、元々割り当てられていた部屋に戻っている。

「居間ですか？」

「はい。本日旦那様は商会のお仕事で外出をなさっており、ご帰宅は二十一時を越える予定です。ですが、もし奥様のご都合がよろしければお茶をご一緒になさりたいと仰っていたそうです」

「なんとっ！」

これは一大事である。

これまでジークハルトと朝食は共にできたが、夕食は彼が多忙のためにほとんど共にできていなかった。

今回のお茶の誘いは夕食の招待の代わりなのかと思い、ソフィアは心を躍らせる。

だが、同時にふとある疑問が過った。

「あの、旦那様はお疲れではないでしょうか？　それに、その……」

　少々言いづらいために指をモジモジと合わせるソフィアに、なぜかテレサは温かい眼差しを向けた。

「はい。いかがいたしましたでしょうか」

「二十一時といいますと、わたくしは湯浴みを終えたあとで、その、寝巻を着ております」

　ソフィアは公爵家の屋敷に到着した当日から、毎晩テレサや古参の侍女のマサの手で湯浴みを行っていた。

　最初は、人前に肌を晒すことさえも不慣れだったのでかなりしどろもどろだったのだが、最近ではようやく慣れてきたところだった。

「はい。左様でございますね」

「わ、わたくしの寝巻姿など、とても見せられるものでは……はっ！」

　ソフィアは慌てて弁明する。

「決して、ご用意をしてくださったネグリジェに不服があるわけではなく……」

「はい。存じておりますのでご安心ください」

　テレサはより温かい眼差しをソフィアに対して向けた。

「寝巻の上に室内用のガウンを羽織っていただきますので問題はないかと思います」

「そ、そうですか」

　そう言い切ってもらうと不思議と安心感が湧き上がるが、だが依然不安も残っていた。

　何しろ、これまで殿方に寝巻姿など見せたことがないのだ。

実家ではいないものとして扱われていたために、二歳年下の実の弟にすら寝巻姿を見せたことはなかったのである。

「ガウンを羽織るのなら、問題はなさそうですね」

「はい。まったくございません」

なぜかテレサの温和な眼差しがいつもよりも強く感じるのだが、あくまで纏（まと）っている空気は穏やかなので普段どおりの彼女であるとも思う。

そうして、ソフィアは残りのお茶の時間を今晩の居間での段取りをイメージして過ごしたのだった。

◇◇

テレサは朝食のワゴンを厨房（ちゅうぼう）まで運ぶと、使用人の休憩室へと足取り軽く向かった。

彼女が仕えているソフィアは、午前中は部屋で調べ物をしたり家令のトーマスの手伝いをしたりして過ごすので、テレサにとってこの時間は空き時間なのだ。

現在休憩室には執事のセバスのみがおり、彼は椅子に腰掛けて優雅にお茶を飲んでいた。

「戻りました」

「ああ、ご苦労。それで、奥様にはお伝えしたのか？」

「はい、お伝えいたしました」

「そうか、よくやってくれた」

　セバスは現在三十歳であり、三年ほど前にフットマンから執事に昇格し、家令のトーマスと共にグラッセ公爵家の日常における様々な事柄に対処している。

「多忙のために、旦那様が中々奥様と共に夕食をお摂りになられないことを気にしておられたので今回のことを提案したのだ。だが、旦那様は普段なら就寝している時間に、奥様にわざわざ時間を作ってもらうのは気がひけると仰っていらしたが、うまくことが運んだようで安心した」

「はい。……セバスさん。契約結婚の期間はあと約十一ヵ月です。その間になんとしても」

「ああ、そうだな。このグラッセ公爵家のためにも、アリア様のご意志のためにも、なるべくお二人が共に過ごす時間を我々が作ろう」

「はい」

　テレサは強い眼差しを向けたまま頷いた。

　セバスの言ったところの「アリアの意志」とは、先日の食事会の翌日、アリアが帰宅する前に秘密裏にこの休憩室に集められた一部の使用人らへの指示のことだ。

　その指示とは「なるべく二人をよい雰囲気にする」というざっくりとしたものだったが、そのときに集められた使用人らはこの結婚が契約結婚であることを知っていたので、皆一様に納得しその指示を遂行することにしたのである。

　また、テレサはソフィアには契約結婚の期間の終了後も、このまま屋敷に留まりジークハルトの正式な妻になってもらいたいと心から思っていた。

というのも、彼女は以前に先代の公爵夫人であるジークハルトの母親の元で働いており、貴族女性の中には労働層の自分たちをまるでゴミのように扱う人間もいることを知っているからだ。

テレサは、十歳の頃からこの屋敷で働いていた。

テレサは没落した子爵家の娘で教養はあるのだが、何分実家にはまったく余裕がないので奉公に出ることになったのである。

運よく実家のコネで紹介状を書いてもらい、この屋敷で働くことができているのだが、働き始めた当初は先代の公爵夫人から厳しい叱咤を受けてきたのだ。

何しろ、実子であるジークハルトに体罰を行うような女性である。

そのときのテレサは侍女ではなくメイドの身分であったし、当時は新入りでまだ十歳だったこともあり目をつけられやすかったというのもあるのだろう。

だが、それらを考慮しても、テレサに対しての仕打ちは目に余るものだった。

ただ、前夫人が愛人と駆け落ちをしたことにより、仕える対象はジークハルトと姉のアリア、先代の公爵のみとなり、彼女にとっては平穏が訪れた。

だが、正直なところジークハルトが結婚をして、その相手にまた目をつけられたらと思うと恐怖でしかなかった。

実際のところ予感は的中し、ジークハルトの元婚約者の伯爵令嬢のアイリスは、貴族令嬢のご多分に漏れず中々クセの強い性格をしていた。

一見無欲で小動物を思わせる、品がある女性だったのだが、ひとたびジークハルトが席を外すと本性を曝け出し、ジークハルトに色目を使ったなどと言いがかりをつけてテレサを厳しく叱責したのだ。

テレサは、このことを家令のトーマスやジークハルト本人に打ち明けてよいものなのか非常に迷った。

だが、当時のテレサの実家は彼女の稼ぎがなければ立ち行かないほど家計が厳しく、彼女が何か問題を起こして公爵家のメイドの職を失うことがあれば一家が路頭に迷うことになりかねず、怖くて打ち明けることができなかったのだ。

そういった経緯があるので、テレサはジークハルトと同様、貴族の女性が大の苦手なのだが、なぜかソフィアに対しては初対面のときから全く悪い感情は湧き上がらなかった。

というのも、貴族令嬢であるはずの彼女は、テレサに対してはじめから物腰が柔らかく対応が丁寧だったからだ。

ソフィアは常に謙虚で、テレサがソフィアに対して行うことを決して当然とは思わず感謝を忘れない。

また、彼女が屋敷に到着した当日にトーマスから軽く聞いたところによると、ソフィアは実家でとても貴族令嬢とは思えない仕打ちを受けていたらしい。

事情を知ると色々と納得をしたのだが、ソフィアはどうも能力的にもずば抜けているように感じる。

そもそも、あの他人に厳しいアリアが彼女を推していることからして異例だと思った。

だから、テレサは主従関係を超えて個人的にソフィアに心酔しており、彼女に生涯仕えたいとさえ思っていて、ついてはグラッセ公爵家の正式な女主人となって欲しいと考えているのだ。

そして、その思惑を持つのはテレサだけではなく、執事のセバスをはじめ事情を知る公爵家の使用人らは皆同様に考えているらしく、皆、暗にソフィアとジークハルトの仲を取り持とうとしているのである。

グラッセ公爵家の居間は屋敷の二階に位置し、ソフィアの部屋からは中央階段を挟んで反対方向に設けられている。

ソフィアは、二階は中央階段から自室寄りの部分のみ把握しており、反対側は敢（あ）えて把握する気はなかった。

というのも、反対側はジークハルトの私室や本来の公爵夫人の私室など屋敷の中でも重要な部屋があり、本来であればお飾りの自分は足を踏み入れることは許されないと思っているからである。

だから、先日事情により夫人の部屋を使用していたときは、なるべく他の部屋の扉を見ないように竣敏（しゅんびん）な動きで移動して対処をしていたのだった。

そしてソフィアは約束の時間の少し前に居間の扉の前まで赴き、ドアノブに手を伸ばした。

（この扉を開ければ、居間なのですね……！　本当にわたくしが入室してもよろしいのでしょうか……？）


ソフィアは実家に居住していたときは、屋敷の居間にほとんど入ったことがなかった。

というのも、普段からソフィアはまるでいないように扱われていたので、家族が一家団欒をしているところに赴いても誰も彼女に話しかけないのは当然のこと、話しかけても流されるので中々辛いものがあり、いつしかその部屋自体を訪れなくなったからだ。

なので、まさかそういった部屋に自分が赴くことができるなんて夢のようだと思った。

ソフィアは、意を決して扉を開き足を踏み入れた。

目前に広がる室内は十数人が一堂に会しても問題がないほど広く、置かれているソファやローテーブル、飾り棚は同じテイストで統一されている。

加えて、天井には三つのシャンデリアがキラキラと輝き、ソフィアは一目でこの部屋に好感を持った。

ジークハルトからは先に居間で待つようにとテレサ経由で指示を出されたが、ここにいてもよいのかという気持ちが湧き上がってきてなんとも落ち着かない。

ともかく、何もしないのも性に合わないので、持参した本を開いて読み始めると、十分ほど経ったところで扉からノックの音が響いた。

ソフィアは反射的に立ち上がり、スッと深呼吸をしてから意を決する。

「はい、どうぞ‼」

勢いのある返事が響くと、一呼吸置いてから扉が開かれた。

「悪い。待たせてしまったな」

「いえいえ、とんでもありません！　わたくしも、今来たところですので！」

そう言いつつ、ソフィアの心は震えていた。

（このセリフ、いつかは言ってみたかったのですよね！　夢が叶い感無量です！）

感慨深さを噛み締めていると、ふとジークハルトが扉の前で立ち止まっていることに気がついた。

彼はこちらの方を凝視しているが、どうかしたのだろうか。

そう思っていると、ソフィアは自分がガウンの下に寝巻を着ていることを思い出した。

「や、やはりこんな姿をお目に掛けるのはお目汚しでしたでしょうか」

思わず本音をこぼしていた。

（ただ、この時間にデイドレスを着るのもいかがなものかと思いましたし、テレサさんたちがせっかく用意をしてくださった衣服を脱ぐのも気がひけます）

実家に居住していた頃のドレスであれば一人でも着ることはできるが、先ほどテレサとマサが入念に身体をマッサージして香油まで塗ってくれたのに、それを無下にすることはしたくなかった。

ただ、二人は普段からマッサージはしてくれるが、香油まで塗られたことはなかったので不思議に思ったが、ジークハルトに少しでも不快な思いをさせないようにとの配慮なのだろうという結論に至った。

よく見るとジークハルトも普段よりもラフな格好をしている。

普段の彼であれば黒色のウエストコートとフロックコートを身に着けているが、今は白のシャツを着ており、より私的な格好に感じられた。

「いや、そんなことはない。むしろ落ち度があるとすればこの時間に呼び出した私だ」

「いえいえ、それはお気になさらず！」

ジークハルトは小さく頷き、向かいの一人掛けのソファに腰掛け、まっすぐにソフィアを見た。

「ところで、君が贈ってくれたこのポプリだが、とてもよい香りがするな」

そう言ってジークハルトがスラックスのポケットから取り出したのは、以前に彼に渡してくれるようにとトーマスに託したポプリだった。

そのポプリは、ソフィアが二週間ほど前に最近仕事が立て込んで帰宅が遅いジークハルトのために何かできないかと思い立ち、製作したものである。

「はい！　その香りは、そうですね。言葉で表現をするとしたら、スッキリ爽快！　です！」

「スッキリ爽快？　……君は、時々面白い言葉を使うな」

そう言って口元を緩ませるジークハルトを見ていると、ソフィアは胸が高鳴るのを感じた。

ドキドキと波打って騒がしく、中々おさまってくれそうにない。

「そ、そうでしょうか？」

ジークハルトはまっすぐソフィアの瞳に視線を向けた。

「このような贈り物もらったのは初めてだ。……ありがとう」

（……!!!!）

感謝の言葉と共に僅かに微笑(ほほえ)んだジークハルトの表情を見て、ソフィアの身体は硬直してしまった。

　自分が高次元の何かに遭遇できたような、尊い恩恵を受けたような、そんな感覚を抱く。

　意識がだんだん戻ってくると、感動が渦のように押し寄せてきた。

（わたくしは幸せ者です……）

　思わず号泣しそうになったので、ささっとハンカチを取り出して目元に当てる。

「大丈夫か？」

「は、はい！」

　ともかく気を取り直すと、ホッと息をついた。

（思いがけず旦那様からわたくしのポプリについてのご感想をいただくこともできましたし、安心して眠ることができそうです！）

　そう思い意気揚々と立ち上がった。

「それでは旦那様、わたくしはこれで失礼いたします」

　今は寝巻のネグリジェの上にナイトガウンを羽織っているので、その裾を軽く持ってカーテシーの形をとった。

　寝巻とはいえ、あまり人通りの少ない夜間の屋敷の廊下を出歩くくらいならば、この格好でも問題はないだろう。

「いや、……もう戻るのか？」

「はい。旦那様はお仕事からお戻りになられたばかりでお疲れでしょうし、あまりわたくしのことでお時間を割いていただくわけには参りませんので」

「……もし君がよければだが、これから侍女が茶を運んでくるので、茶を一杯付き合ってもらえないだろうか」

ソフィアは目をパチクリさせた。

「お茶ですか？」

「あ、ああ」

ジークハルトは「コホン」と咳払いして、「もし、君がよければだが」と再度付け加えた。

（これは夢でしょうか？　そもそも、わたくしがこのようなお屋敷のプライベートな空間にいること自体が夢のような出来事なのですが……。そうです、元々わたくしは、お茶のお誘いを受けたのでした……！）

そう思ったが、そっと頰をつねってみると痛かったので、どうやら夢ではないようである。

「はい！　是非ご一緒させてください！」

夜だというのに勢いよく返事をしたからか、ジークハルトは一瞬ビクリと肩を揺らした。

「ああ」

そう言って苦笑したジークハルトを見ていると、再びソフィアの胸が高鳴った。

それから間もなくテレサがやってきて、手早くお茶を用意してから立ち去ったので、ソフィアはティーカップを手に取り口をつけて小さく息を吐いた。

「エドワードから君の働きぶりを聞いているのだが、君が書類の修正をほぼ終えてくれたおかげで非常に仕事が捗(はかど)っている」

「い、いえ、わたくしはあくまでも参考程度の案を出しているに過ぎませんので」

「いや、私も確認したが非常に正確だった。改めて礼を言う」

「そ、そんな、お顔をお上げくださいっ……！」

慌てて顔を上げるように伝えると、ジークハルトは少し目を細めた。

ソフィアはそんな彼を見ると、なぜか安心感が湧き上がってくるように感じたのだった。

◇◇

ジークハルトは目前で微笑むソフィアを一目見ると、心が浮き立つように感じた。

深夜にソフィアとプライベートな空間に二人きりでいる。

そのシチュエーションを意識すると、胸の奥から熱いものが込み上げてきた。

ただ、彼はソフィアに対して抱くこの感情をなんと表現してよいのか判断がつかないでいた。

とはいえ、これまで出会った令嬢らに対して感じたような不快感は、ソフィアに対しては全く抱いていない。

ジークハルトは他の令嬢らに対して、頭から爪先まで飾り立て虚構で塗り固めているように感じていたが、ソフィアに対しては全くそういったところは感じられないと思っているのだ。

「あの、旦那様」

「ああ、なんだろうか」

「お義姉様にご招待をいただきましたので、明後日、旦那様の商会を訪問することになっているのですが、その……」

その先をとても言いづらそうにしている。

どうやらソフィアは、人からすでに許可された範囲のことや黙認されていることであれば自由にやり遂げるのだが、他人の許可が必要な案件を苦手としているようである。

というのも、まずその対象の人物の予定や都合が彼女にとって最優先であり、彼らが自分に対して時間や労力を割くことはとても申し訳ないことだと思うらしい。

例外として、自分から率先して女主人の仕事の補佐を願い出た件があるが、あのときはあくまでも一宿一飯の恩があるからだと発言していたし、彼女の「不安定な立場」がそうさせたとも考えられる。

「君が訪問することはすでに全職員に通達をしてあるが、同時にあくまで通常業務を行うように指示をしている。君は気負う必要はない」

「そうでございますか……！」

そう言って笑顔を向けてくるソフィアを見ていると、ジークハルトの胸がズキリと痛んだ。

（私は母親から愛されたことがない。だから分かる。彼女も、きっとこれまで人から愛されたことがないのだ）

自分から何かをする分には、何も問題はない。

――たとえ、それを受け止めてもらえなくとも。

ただ、自分が何かをしてもらう側になると話は百八十度違ってくる。

自分たちは誰かに無条件で何もかも受け止めてもらえる環境で育っていない。

いや、正確にはそうではない。

ジークハルトにとって母親はもはや害を為す存在だったが、他の家族や使用人らは決してそうではなかった。

厳しいが根は優しい父親と、母親から身を守るためなのか常に高みを目指していた姉。

彼らは、少なくとも無条件で自分のことを受け入れてくれた。

（だが、彼女は違う。……エドワードの報告書に記載されていた実家での彼女の生活は酷いものだった。……彼女は、これからも愛されることを知らずに生きていくのだろうか……）

そう思うと、更に胸がズキリと痛んだ。

そもそも、自分は自ら率先してソフィアに対して「愛することはない」などと言ったのではないのか。

それを彼女は傷ついた様子ひとつなく、意気揚々と受け入れた。

ソフィアは他人からの恩恵や愛を受け入れることなど知らず、できない質だったのだ。

（あのときは、男爵から彼女は他人に依存していると聞いていたから「私に期待をするな」という意味を含めて言ったのだが、とんだ愚言だった）

今すぐにあのときの言葉を撤回しようと思い立つが、同時にそれを行ってどうしようというのかという気持ちも湧き上がる。

（撤回しても意味はないだろう。それよりも、まずは謝罪をすることだ）

ジークハルトは、ソフィアの瞳を見つめた。

「あっ、あの、旦那様……？」

誰かにまっすぐ見つめられることに不慣れだからか、ソフィアはものすごい勢いで目を泳がせるが、ジークハルトは目を逸らすことはしなかった。

「……君がこの屋敷に来てくれたことを大変嬉しく思う。……加えて、初対面の際や君の能力を測った際の私の態度はあまりにも酷いものだった。心から謝罪したい」

「だ、旦那様……!!」

そう言って立ち上がり頭を下げたジークハルトに対して、ソフィアも慌てた様子で立ち上がった。

「そ、そんな、とんでもありません……！　旦那様にはきっと何かご事情がおありでしたでしょうし、大切な公爵家のお仕事に携わらせるのにわたくしには信用がありませんでしたから、試験は当然だったと思います」

そう言ったあと、ソフィアは小さく息を吐き出してから続けた。

「わたくしも、お屋敷に滞在することができ、とても嬉しく思います！　あと十一ヵ月の期間ですが、どうぞよろしくお願いいたします！」

ジークハルトは瞠目した。

「十一ヵ月……」

そうだ。自分が言い出したのだ。期間限定の契約結婚だと。

今更ながら、なんて残酷なことを言ってしまったのだと思う。

「……その話だが」

「はい」

「やはりあの話は……」

本音を言えばなかったことにしたかった。

契約結婚などという、彼女に対して不誠実なことを続けたくはない。

だが、今更撤回などできるのだろうか。ソフィアは自分の酷い言葉に対して意気揚々と「お飾り妻を務める」と宣言したのだ。

ソフィアの精一杯の意志を蔑ろにしてもよいのだろうか。

そう考えを巡らせると、あることが過った。

『夫婦共同の寝室にソフィアさんを誘いなさい。あなたたちにはそれが一番よいと思うのだけれど』

食事会のあと、この居間でアリアと会話をしていた際にそっと耳打ちをされた言葉だ。

どうもその考えは使用人の間にも広まっているらしく、特に今夜のソフィアから漂う香油の香りは新婚の妻が初夜の際に使用するものではないかと思う。

補足をすると、夫婦共同の寝室は夫の部屋と妻の部屋のどちらからも行けるようにそれぞれ内扉があるが、先日ソフィアが使用した際にはその内扉は家具で隠して使用できないようになっていた。

それは、最初にジークハルトが寝室は分けると宣言したとおり、屋敷にソフィアが居住する前にトーマスに指示を出してそのようにしたのだ。

ジークハルトは、自分はソフィアに惹（ひ）かれ始めているのだと改めて思った。

何しろ彼女がこの屋敷から一瞬でもいなくなることを考えるだけで、胸が締め付けられて苦しいのだ。

だが、それをソフィアに伝えるのは時期尚早だとも思う。

というのも、おそらくソフィアは誰かの好意を受け入れる態勢がまだ整っていないからだ。

しっかり自分の功績を受け止められるように、誰かの好意を受け止められるように、そんな誰にとっても当たり前のことがソフィアにもできるようになってくれればよいとジークハルトは強く思った。

「君は充分役目を果たしているので、もし問題がなければ私に報酬を払わせてくれないか？」

「ほ、報酬ですか⁉」

ソフィアは心底驚いたのか、その場で立ち上がった。

「報酬なら毎日美味（おい）しいお食事をいただいておりますし、素敵なお部屋にドレスもお借りしております！　充分過ぎるほどすでに受け取っておりますので！」

「それらは当然君が享受するべきものだ。報酬は別に支払う」

「――――っ！」

　ソフィアにとってはかなり衝撃が強いことだったのだろう。処理が追いついていないのか目を何度も瞬(まばた)いている。

「そうだな。……賃金として支払うのもよいが、……近々、私と共に出かけてもらえないだろうか。その先で考えよう」

「お出かけ、ですか？」

　パチリと一回瞬かせてから、ソフィアは少し間を置いて頷いた。

「わ、わたくし、実はお出かけという夢のイベントに子供の頃から憧れておりましたのですが、よろしいのでしょうか⁉」

「ああ、もちろん」

「……とても嬉しいです……！」

　心から嬉しいのか気持ちよく微笑むソフィアを、ジークハルトはまるで天使のようだと思いしばらく見惚(みほ)れていたのだった。

　それから二日後の月曜日。
　ソフィアはグラッセ公爵家専用の馬車を降り、石畳の上で大きな建物を見上げていた。
　息を呑(の)み、目を大きく見開きながら呟(つぶや)く。

「と、とても大きな建物です……！」

グラッセ公爵家が経営している「マジック・ガジェット商会」は、魔法道具の国内シェア二位を誇る商会という話であるが、実際に建物を目の当たりにすると相当に利益を上げている商会のように思う。

レンガ造りの堅固な大きな建物で、屋根の上部には鐘が吊られた時計塔が設けられており、地域住民の生活を支えているのだろう。

ちなみに、商会は王都の商業地区の一等地に建てられており、そこは公道に面しているので人通りも多い。

また、間隔を置いて設けられている魔法灯が、この区域の繁栄をより象徴していると思った。

「それでは奥様、参りましょう」

「は、はい！」

テレサは穏やかに微笑んだ。

今回のお供にと率先してついて来てくれた彼女は、外出用のコートを着込んでおり、いつものお仕着せ姿とは違うので新鮮に感じる。

ちなみにソフィアも今日は紺色のあまり装飾の多くないデイドレスを着ており、首にはチョーカーを着けている。

それから、二人は外階段を上って玄関扉をくぐり二階の受付へと向かった。

「十三時からアリア・テレジア様と面会の約束をしている、……ソフィア・グラッセです」

ソフィアは自分の名前を告げるとき、少し躊躇した。

契約結婚とはいえ、今は書類上ではジークハルトの正式な妻であるのでそう伝えることは当然のことなのだが、何分初めて他人にファミリーネームの「グラッセ」を伝えたのでより緊張するのだ。

「！　会長の奥様でいらっしゃいますね。お待ちしておりました」

受付の女性は立ち上がり丁寧にお辞儀をすると、速やかにソフィアを三階の事務室へと案内した。

事務室には三名の職員がおり、皆帳簿に何かを書き込んでいたのだが、ソフィアらが入室すると一斉に立ち上がった。

その様子にビクリとしながらも、ソフィアはすうっと深呼吸をしてから意を決し口を開く。

「皆さん、初めまして。わたくしはジークハルト・グラッセの妻、ソフィア・グラッセです。以後お見知りおきを」

そう言ってソフィアはカーテシーをするが、契約期間が終わったら去る立場の自分が果たしてこのような自己紹介を行ってもよかったのかと内心ヒヤリとする。

チラリと周囲を見渡すと、皆次々にお辞儀を返してくれたのでホッと胸を撫で下ろした。

「はい、奥様。こちらこそ、よろしくお願いいたします」

事務員らは男性が二人で女性が一人の計三人のようだが、肝心のアリアはいなかった。

彼女がいないことを疑問に思っていると、それに気がついたのか男性の一人が「ご案内いたします」と言って事務室の奥へと案内してくれた。

事務員が扉をノックすると「どうぞ」と小気味のよい声が響く。

「失礼いたします」

次いで彼が扉を開けると、扉の奥にはロングの黒髪を頭上に髪紐でまとめてバレッタで留め、簡素なドレスを身に着けたアリアが事務机に座っていた。

「ソフィアさん、よくいらしたわね」

「お義姉様、本日はお招きいただきましてありがとうございます」

そう言って、ソフィアはアリアにバスケットを手渡した。

「こちら、よろしかったら皆様でお召し上がりください」

「まあ、ありがとう」

アリアはバスケットの蓋を開けて中身を確認した。

中身はグラッセ公爵家のパティシエ特製のクッキーである。

「あら、懐かしい。わたくし大好きだったの」

「それは何よりです！」

ソフィアはアリアの嗜好を屋敷の使用人らに聞き回って調査し、その結果を受けてパティシエにクッキーを作るように頼んだのだ。

「わたくしは今日の仕事は午前中までで、午後からは休暇をとっているの。なので、早速商会の中を案内するわね」

「そうでしたか！　ありがとうございます！」

自分のためにわざわざ配慮をしてくれたことは申し訳なかったが、事前にジークハルトから「皆承知して働いているので気にしないように」と言われているので、それ以上は考えないようにした。

ちなみに、アリアのみ別室で仕事をしているのは彼女が伯爵夫人であり現会長の姉という特殊な立場のためだそうだ。

「そうだわ。よかったらジークに会っていったらどうかしら」

「旦那様にでしょうか？　い、いえ！　旦那様のお時間をいただくわけには参りませんので……」

「少し会うくらいだし、働いている彼を見ることができてよいと思うのだけれど」

「そ、それは」

確かに、少し見てみたいという気持ちが湧き上がってきた。

「ね。ちょっと会話をしたら商会の中を見学して、今日はおしまいにしましょう」

「……承知しました」

アリアはテレサと顔を見合わせて口元を綻ばせるが、ソフィアは何のことか分からなかった。

それから、アリアは二人を連れて「会長室」へと向かい扉をノックするのだが、しばらく待っても返答がない。

「あら、いないのかしら」

「そのようですね」

「……では、別の部署を回りましょうか」

「はい」

一同は振り返り歩き出すが、すぐに前方から男性が早足で駆けてきたので立ち止まった。

「あら、オリバー主任じゃない。会長なら今こちらにはいないわよ」

「そうですか。ちょっと急ぎの用件があったのですが」

「もしかして、また？」

「はい、そうなんです」

話が見えないのでソフィアがチラリとアリアの方に視線を向けると、彼女は小さく頷いた。

「最近、なぜか魔法道具に組み込む魔法陣が発動しづらいらしいの。ただ、納期の関係もあるので技術開発部の主任である彼が、相談のためにジークを訪ねて来たのね」

「そうでしたか」

ソフィアは目を閉じて、思考を働かせた。

彼女は、アカデミー時代は普通科の生徒だったので魔法学を専攻できなかったのだが、魔法学の専門書が所蔵されている図書館の立ち入りは許可されていた。

そのため、ソフィアは昼休みや放課後などを利用して図書館の大方の専門書を読破していたのだ。

普段のソフィアであれば自分から何かを提案することはないのだが、今は緊迫した雰囲気であるし、なんとなくだが自分の知識が役立つのではと直感が働いたのである。

「あの……、もしよろしければですが、その魔法道具を見せていただけないでしょうか？」

「テレジア夫人。こちらの方はもしや……」

「ええ。会長の妻のソフィアさんよ」

「会長の奥様でしたか！　これはご挨拶が遅れました。ただ、奥様。開発途中の魔法道具は技術者以外の者が触れるわけにはいかないのです」

「そうですか。……でしたら魔法式を拝見することは叶いますか？」

「それは……」

渋るオリバーをよそに、アリアは強く頷いた。

「それであれば、ソフィアさんには親族特権で見せられるはずよ。そうよね、オリバー主任」

「え、ええ、まあ、そうですが」

「であれば問題はないわ。早速行きましょう」

そう言ってアリアはソフィアの手を取った。

ソフィアはその手のぬくもりがとても心強く感じられた。

「はい！」

そうして一同は「技術開発部」へと向かった。

自分のために時間を割いてもらうのではなく、あくまでも「日常的な作業を見学する」という名目だ。

ソフィアは、逸る心を抑えながらオリバーらに続き技術開発部へと足を踏み入れたのだった。

技術開発部の研究室に入った途端、ソフィアは室内に漂う緊迫感を肌で感じた。

「また失敗だ。なぜうまく組み込めないんだ」

「現在、魔法式を解析しているのですが、原因は不明です」

声の方へと視線を移すと、そこには作業着を着用した人々が集まり、一人が手にする大きな羊皮紙を前に何やら眉を寄せている。

「やはり失敗か」

「はい、主任。何度やってもダメです」

「そうか。なぜだろうな。つい一ヵ月ほど前は問題はなかったはずなのだが……」

ソフィアが彼らのやり取りを眺めていると、そっとアリアが耳打ちした。

「先ほど言ったとおり、新開発の魔法道具に使用する魔法陣が、うまく発動しないようなの」

「魔法陣の試験……！」

心が躍るようだった。

魔法に関しては書物を読んで知識を持ち合わせてはいたが、実際に魔法使いが魔法を発動させる機会に居合わせるのは初めてだから、尚更(なおさら)鼓動が高鳴るのだ。

ただ、うまく魔法陣が作動しないのであれば、今回は魔法を見ることはできないのかもしれない。

「設計図の納期は週末ですが、この分では間に合わないでしょう。ですので、主任から会長に延期をお願いしていただけませんでしょうか」

「いや、完成の目処がついているのならいざ知らず、今の状況下ではそれは難しいだろう」

「そうですね……」

オリバーと彼の部下と思われる男性が項垂れるのを目の当たりにすると、ソフィアの心中に自分も力になれないだろうかという気持ちが込み上げてくる。

「お義姉様。流石に、開発中の魔法陣をわたくしに見せていただくことは難しいでしょうか」

「ええ。魔法陣は一級の機密事項なので難しいと思うけれど、先ほどの話どおり魔法式なら見せられるとは思うわ。ただ、今はどうも緊迫していて技術員に指示を出せないのでそれも難しいわね」

「そうですね」

商会のことに興味本位で触れてよいわけではないと思うが、魔法陣が発動しない原因についてはいくつか心当たりがあるので助言をしたいとも思う。

ただ、それがオリバーらに伝えてもよいことなのかは判断がつかないので、まずはアリアに打ち明けることにした。

「お義姉様。実は……」

ソフィアが話し終えると、アリアは大きく目を見開いた。

「！　そうだったの！」

「いえ、まだあくまで推測のお話ですが……」

そうやり取りをしていると、扉が開きジークハルトがこちらに向かって来た。

彼は仕事用の黒のウエストコートの上にフロックコートを身に着けている。

「ここにいたのだな」

「はい、旦那様。何やら切羽詰まった状況でしたので、お役に立てないかと思い参りました」

「君が？　いや、君は確か……」

ジークハルトが言葉を紡ごうとするよりも前に、アリアが口を開いた。

「ジーク！　ソフィアさんがとても興味深いことを言っていたのよ！　あなたも聞いてくれる？」

「……ああ」

ジークハルトの話によると、彼はこれまで貴族院議員の仕事の関係で連絡をする必要があり、商会内の通信室にいたらしい。

会長室へと戻ったところ、すぐに秘書からオリバーの用件を伝えられてこちらに赴いたとのことだ。

「それでは、少々待っていてくれないか？」

「はい、承知いたしました」

ジークハルトはオリバーらと会話を交わしたのち、再びソフィアの元へと戻って来た。

「君の意見を聞かせてくれないだろうか」

「は、はい！」

ソフィアの心は弾んでいた。

これまでは、自分の話を聞いてくれる人など誰もいなかったが、ここではアリアやジークハルトが進んで話をして欲しいと言ってくれる。

胸が熱くなり目の奥がツンとする。

誰かに受け入れられていると思う度にこのように胸が熱くなるのだが、中々慣れないとも思う。

だが、それはきっと自分にとってはとても特別なことであるから、たとえ慣れたとしても感謝の心を忘れないようにしようと静かに思った。

それから、ソフィアはジークハルトに室内の椅子に腰掛けるように促されたので、彼が座ったことを確認してから自分も腰掛けた。

「魔法陣が発動しない件だが、君の意見を聞かせて欲しい」

「はい。……一般的に魔法陣が発動しない際の原因は『一、魔法陣を作成する際の記入ミス、二、魔力注入時の供給不足、三、魔法陣の破損』が考えられます」

「ああ、そうだな」

ジークハルトは頷く。

「だが、それらはすでに何度も確認をしており、問題がないことは確認されている」

「そうでしたか。……ただ、稀(まれ)に魔法陣の作成時に用いる魔法式に誤りがあり、想定される魔力量よりも多くの魔力が必要になる場合があるようです」

その言葉を受けて、ジークハルトは目を見開き反射的になのか、アリアと顔を見合わせた。

本来、魔法道具は使用する人間が魔力を消費せずに稼働することを可能にするために、作成段階で魔力注入をしている。

また、その魔力注入のみで半永久的な稼働を可能にするため、非常に精密な魔法式が組まれた魔法陣が描かれているのだ。

そのために、一般的に魔法式を作成する者と魔法陣を作成する者とに分担して製作することが多いのである。

「十年ほど前に、少量の魔力注入でも魔法道具の稼働を可能にした魔法式が発表されたかと思うのですが、もしや件（くだん）の魔法陣はその式がうまく組み込まれていないのではないかと推測しました」

ジークハルトは、少々思案をしたのち深く頷いた。

「なるほど。それは、直ちに確認をとる必要があるな。……ソフィア。君の意見をうちの技術員に伝えてもよいか？」

ソフィアは目を見開き、そのまましばらく動かなかった。

「ソフィアさん……？　大丈夫？」

アリアが心配そうに覗（のぞ）き込（こ）むが、ソフィアは依然固まったままである。

「ソフィア、大丈夫か？」

「はっ⁉」

意識が戻ったのか、ソフィアはキョロキョロと周囲を見回す。

「あ、あの、今、だ、旦那様から、その」

ソフィアは非常に狼狽（うろた）えており、その様子を受けてジークハルトは何かを察したのか小さく頷いてからソフィアの耳元で囁（ささや）いた。

「ひょっとして、私が『ソフィア』と呼んだことが気になったのか？」

「!!」

ソフィアの顔面は瞬く間に真っ赤になり、ジークハルトの質問に対して小さく頷くので精一杯だった。

「そうか。……なら、普段から呼ぶようにして君に慣れてもらわないとな」

(!! わ、わたくしにはキャパオーバーです……)

そう思いつつ、ともかく今は急を要するのでなんとか気力を振り絞りながら頷いたのだった。


「……なるほど。確かに、それは興味深い考察です」

あれから、ジークハルトが先ほどのソフィアの推論を技術員らに伝えると、主任のオリバーが舌を巻くような声音を漏らしながら頷き、そのまま直ちに会議が始まった。

ソフィアは、流石に自分がここに居合わせるのは好ましくないだろうと思い退室しようとしたが、ジークハルトから居て欲しいと言われたので、彼女も椅子に座って参加することになった。

「ああ。では直ちに魔法陣の魔法式の解析に取り掛かろう。資料はあるな」

「はい。……ですが、解析作業には時間を要します。やはり納期には間に合わないかと」

「……そうか。ならば仕方がないか……」

意気消沈とした空気が漂う中、ソフィアは遠慮がちに右手を挙げた。

「あの……、一つよろしいでしょうか」

会議中の五人の技術者とジークハルトが一斉にソフィアの方を向いたので彼女はたじろぐが、このままだと納期を過ぎてしまう可能性があることが頭を過ると、怯まず伝えようと思い立つ。

「何だろうか」

「はい。実は先ほど申し上げた魔法式の誤記の件ですが、わたくしに心当たりがあるのです」

「心当たり？」

「はい」

　ソフィアは、一瞬憂いを帯びたような表情を見せるがすぐに息を小さく吐いてから表情を戻し、傍に立つ侍女のテレサから自身の鞄を受け取るとその中から数冊の本を取り出した。

「何かの役に立つかと思い、念のために持参してきてよかったです」

　そう言ったあと、ソフィアは一冊の本を手に取り素早くページをめくって、該当する魔法式が皆に分かるように本を開き作業机の上に置いた。

「おそらくですが、この魔法式がうまく組み込まれていなかったのだと思います」

　ソフィアが示した魔法式を目にした一同は、皆、目を見開き、一人の技術者が口を開いた。

「この魔法式は……、確か属性効果を高める魔法式を応用して魔力量を抑えるものですね」

「はい。こちらは十年ほど前に発表された魔力消費を抑える魔法式を応用して組まれた画期的な魔法式なのですが、わたくしの見立てではこの魔法式には欠陥があるのです。こちらを今回の魔法陣に使用しておられませんか？」

　一同、顔を見合わせてから強く頷いた。

「はい。こちらの魔法式は、最近開発された画期的なものであると、ある商会が技術を公開しておりまして、我が商会も先月から採用しました」

ソフィアは、再び小さく息を吐いた。

「そうでしたか。……では、こちらの魔法式を従来使用していた魔力消費量を抑える魔法式に書き換えてみてはいかがでしょうか」

再び一同は顔を見合わせ、そのあとに強く頷く。

「早速試そう。……皆、よいな」

「はい‼」

そうして、一同作業に取り掛かるのを見届けると、ソフィアはアリアに目でさり気なく合図を送った。

（これ以上長居をすると皆様の迷惑になりますので、わたくしはこのまま失礼をさせていただきましょう）

アリアは気がついたのか、すぐに表情を緩めてジークハルトに声を掛けた。

「ジーク、少しいいかしら」

「ああ」

ソフィアの意に反して、アリアがジークハルトに声を掛けたので彼女は身体をビクつかせるが、ジークハルトの目が生き生きとしていたので内心安堵（あんど）した。

ジークハルトは、すぐにソフィアの近くにまで寄り、声を掛ける。

「ソフィア、貴重な助言をしてくれたことを心から感謝する。君のお陰で、行き詰まっていた作業が滞りなく進みそうだ」

　ソフィアは、慌てて首を横に振った。

「い、いえ……！　わたくしは、その、あくまで気がついた点をお伝えしたに過ぎませんので……！」

「いや、それは誰にでもできることではない。今の私たちには実に有益な情報だ。……ただ、少々気に掛かる点があるのだが」

「はい、どのような点でしょうか」

「……件の魔法式は、マジック・ファースト商会が情報公開をしていたものだが、確かあの商会は……」

　ジークハルトがそのあとに続く言葉を敢えて紡がないでいることをソフィアは察した。

「はい、そうです。……あの魔法式は、わたくしの実家のエリオン男爵家が開発したものです。実家はマジック・ファースト商会と業務提携をしておりますので……」

「やはり、そうだったか」

　ジークハルトは、それ以上は訊かなかったが、ソフィアはきっと彼は先ほどの言葉で大方の事情を察してくれたのだろうと思った。

　ソフィアの実家であるエリオン男爵家は、このロジット王国において魔法使いの名門であり、この国の魔法道具シェア一位のマジック・ファースト商会の専属顧問をしているのだ。

　ソフィアがまだ実家で暮らしていた半年ほど前に、彼女が先ほど指摘をした魔法式を父親と姉が開発して世間に発表を行ったのだが、その時点でソフィアは魔法式の欠陥に気がつき指摘をしていた。

　だが、ソフィアは普段からいないものとされていたし、そもそも魔力が全くない彼女の言葉など家族は全く聞く耳を持たず、当然のようにスルーされてしまったのだ。

「ともかく、君には日頃からの礼に加えて今回の礼は必ずさせてもらう」

「い、いいえ！　旦那様、そ、そんな、お気持ちだけで充分ですので！」

「いいえ。絶対にしてもらうべきよ！」

　突然アリアが間に入り、声を上げた。

「ジーク。今は多忙で難しいかもしれないけれど、必ずソフィアさんにお礼をするのよ！」

「ああ、当然だ」

　アリアの調子に特に動じず、ジークハルトは深く頷いた。

「旦那様……お義姉様……」

　ソフィアの心は震えていた。

　自分は、皆の役に立てたのだろうか。

　そう思うと涙が込み上げてくるが、ソフィアはまるで心中に青空が晴れわたるように気持ちが軽くなったように感じたのだった。

第四章　お出かけ

あれから約三ヵ月。

ジークハルトが会長を務めているマジック・ガジェット商会は、新製品の設計図を無事に納期内に工場に提出することができ、その後は大きな問題もなく商会は滞りなく運営されている。

その商品の試作品が完成したとの知らせを受けて、早速ソフィアは商会へと赴き、その試作品を見せてもらった。

「わあ、凄い！　自動で掃除をしてくれる箱なのですね！」

「はい。奥様におかれましては、開発にあたって多大なるご尽力をいただきまして誠にありがとうございました」

そう言って、オリバーは深々とソフィアに対して頭を下げた。

実はあれから設計図の魔法式に他にも問題点が見つかったので、ソフィアはその解決に取り組んだのであった。

ただ、ソフィアは商会の職員ではないために、あくまで会長の妻として事業を支援する範疇で行っていたので魔法陣の製作には関与できなかったのだが、可能な範囲で魔法式の情報をジークハルトに教えてもらい、屋敷の自室で独自に解いたのである。

そうして、無事に試作品が完成し発売日も決定したとのことだ。

「いいえ、とんでもありません！　わたくしは思ったことを述べただけで、ここまでの形にできたのは皆様のお力の賜物です！」

「ご謙遜を。……実は、奥様には是非弊商会のチーフ技術員となりご指導をいただきたいと我々技術者はみな思っているのですが、奥様は公爵夫人としてのお仕事もありお忙しくされているとのことですので、泣く泣く堪えているのですよ」

「‼」

それは初耳であったし、場を繋ぐための社交辞令なのかもしれないとも思ったが、「人から必要とされている」という気持ちが何よりも嬉しく、ソフィアの心は震えた。

「……そのように仰っていただき、とても嬉しく思います」

何とか気持ちを平静に保とうとしていると、後方の扉が開きジークハルトが技術開発部に入室した。

「ソフィア。今日はわざわざ来てもらってすまないな」

「い、いえ！」

ソフィアが慌てて振り返ると、ジークハルトの姿が視界に入った。

(旦那様、相変わらずお仕事着もとても素敵で、思わず見入ってしまいます……)

うっとりしそうになるが、なんとか堪えて背筋を伸ばす。

「それでは会長。私はこれで」

「ああ、立ち会ってもらい礼を言う」

「いえ、当然のことですので」

そうしてオリバーは退室し、ジークハルトは改めてソフィアと向き合った。

なお、室内の隅ではソフィアの侍女のテレサが静かに立ち、待機している。

「この商品は自動掃除装置として再来月に販売することになっている。君のおかげだ」

「そ、そんな、それは」

「いいや、あの時君が来てくれなかったら問題点は決して見つけられなかっただろう」

その言葉に、ソフィアの脳裏をあることが過る。

「旦那様。あの、例の魔法式の件ですが」

「ああ。実はマジック・ファースト商会に通知を送り先日回答が来たのだが、あちらも指摘箇所の問題の深刻さに気がつき、君の父上と姉上に問題点の追及をしているらしい」

「そうでしたか……」

ソフィアの胸がズキリと痛んだ。

父と姉には、昔からずっといないように扱われていたので同情することもないのかもしれないが、それでも胸が痛むのだ。

そう思考をしているとどうやら表情に出ていたようで、ジークハルトが心配そうにソフィアの顔を覗き込んでいる。

なお、件の問題点はマジック・ファースト商会としても公開前に気がつくべきことであったので、エリオン男爵家が負う責任は商会も折半して負うとのことである。

「大丈夫か？」

「は、はい。ご心配をお掛けして申し訳ありません」

「いや、いいんだ。……今夜は、新製品の販売経路について卸売業者との会合があり、帰りは遅くなるので先に休んでいてくれないか」

「承知いたしました。お仕事お疲れ様です……！」

二人は初めて屋敷の居間（パーラー）で会話をしたあの夜から、ジークハルトの都合がつく日は時折二人で居間にて茶を飲んでゆっくりと過ごすこともあったのだが、ここ最近はジークハルトが多忙のために共に過ごすことができていなかった。

「旦那様。ポプリを作って参りましたので、もしよろしければ使っていただければ幸いです！」

「そうか、すまないな」

「い、いえ……!!」

ソフィアが紙包みを手渡すと、ジークハルトはすぐさま中身を取り出した。

「うん。『スッキリ爽快』な香りがする」

「!!　覚えていてくださったのですか!?」

「ああ、無論だ。とても落ち着く香りだ。ありがとう」

そう言って微笑（ほほえ）むジークハルトを見ると、ソフィアの心臓は一気に跳ねた。

「い、いえ!!　それではわたくしはこれで失礼いたします……!!」

ソフィアは慌ててカーテシーをし、何とか気力を振り絞ってテレサと共に退室した。

「だ、旦那様の笑顔は、相変わらずとてつもない破壊力です……」

「……奥様。来週の週末に旦那様とご一緒にお出かけをなさるのですよね。とても楽しみでございますね」

ソフィアはピタリと動きを止めた。

「は、はい！　……凄く楽しみです……！」

ソフィアは高鳴る鼓動を落ち着かせるために、何度も深呼吸をしてから商会の建物を後にしたのだった。

翌日の夕方。

グラッセ公爵家のジークハルトの執務室では、ジークハルトと家令のトーマスが改まって密談を交わしていた。

「これまで何度も書簡を送っているが、相手方の返事はどれも契約に関しては触れてはいないものだった」

「左様でございますか」

「ああ。であれば、直接赴くしかないが、……ソフィアにはなるべく気づかれないように頼む」

「かしこまりました」

トーマスは辞儀をした後、速やかに退室した。

契約結婚の期限まで、残り約八ヵ月。

まだ時間はあるが、そもそもジークハルトにはもう契約を続行する意思がないので、速やかに契約の破棄をしたいと考えていた。

だが、どうにも相手方は一筋縄ではいかないらしい。

「現在は社交界のシーズン中のために、エリオン男爵は王都のタウンハウスに滞在しているとのことだな」

ジークハルトは呟くと、意を決したのだった。

七月中旬の週末の朝。

今日は、ソフィアとジークハルトが共に外出をする日である。

現在二人は食堂で共に朝食を摂っているのだが、ソフィアはこれからのことを思うと胸がいっぱいになり、普段ならばジークハルトに食事の感想を一分ほど掛けて述べているところを今日は三十秒ほどしか述べられなかった。

だが、ジークハルトは時折頷いて終始興味深そうに聞いてくれたので、心が満たされるように感じるのだった。

朝食後に自室へと戻り侍女のテレサと共に外出用のドレスへと着替える工程に入った。

ちなみにソフィアが元々持っていた外出用のドレスは、元は姉のお下がりでありサイズも合っておらず、そもそも露出が多めな上に派手な飾りが付いており、はっきり言ってソフィアには全く似合っていなかった。

なので、それを身につけることはせず、元々私室にあった外出用の紫色のドレスを身につけることにした。

「奥様。本日のアクセサリーですが、こちらのシンプルなネックレスはいかがでしょうか」

そう言ってテレサが宝石箱から取り出したのは、ペンダントトップに真珠が嵌められたネックレスだった。

これから外出をするのだからアクセサリーの一つもするのは当然なのかもしれないが、何分ソフィアはこれまでの人生でそういったものをほとんど身につけたことがなかったので、テレサに提案される度に緊張するのだ。

「は、はい！　そちらで大丈夫です！」

「それでは失礼いたします」

テレサは静かな動作でソフィアの首にネックレスをつけた。

ネックレスを身につけた三面鏡に映る自分自身が見慣れず、ソフィアは少々気恥ずかしくなる。

ソフィアは屋敷で暮らすようになってからはレースの施されたチョーカーをよく身につけており、チョーカーも好みだがネックレスも素敵だなとぼんやりと思った。

というのも、屋敷に住み始めた当初、テレサはアクセサリーにネックレスを提案したのだが、ソフィアはもし壊してしまったら一大事だと思い断ったので、基本的にチョーカーを身につけることになったのだ。

ただ、今日は何かの意図があるのか、テレサから改めてネックレスを提案されたのだった。

「奥様。ネックレスは敢えてシンプルなデザインのものにいたしましたので、後ほど改めてお選びになられる際は、これとは趣向が異なるものをお選びいただけたらと思います」

「？　は、はい」

（テレサさんは後ほど選ぶと仰いましたが、本日は改めて選ぶ機会があるのでしょうか……？）

テレサの言葉に疑問は浮かぶが、ともかくテレサにより髪も結い上げられ化粧も施されて身支度は完了したので、待ち合わせ場所の中央玄関へと向かうことにした。

そして、テレサと共に中央階段を降りて玄関に到着すると、すでにそこにはジークハルトの姿があった。

彼は、外出用の銀糸の刺繍がそれぞれ施された黒色のウエストコートの上に、紺色のフロックコートを身につけている。

「申し訳ありません！　お待たせしてしまいましたか？」

「いや、私も今来たところだ」

その言葉を受けて、ソフィアは固まった。

（今来たところ……。いつか、誰かにそのセリフを言ってもらいたかったのですよね！）

ソフィアは、内心で非常に感慨深いものを感じた。

「それでは行ってくる。エドワード、留守を頼む」

「はい、旦那様、奥様。お気をつけて行っていらしてください」

「ああ」

トーマスの声を背に二人は玄関の扉をくぐり、ゆっくりと外に出た。

屋敷の玄関の外には公爵家専用の馬車がすでに付けられており、ジークハルトは自然な動作でソフィアの手を取った。

（!!　い、一体、何が起きているのでしょうか⁉）

ソフィアの思考は大混乱を起こしそうになるが、掠（かす）れそうな意識の中でなんとか今の状況を把握すると、どうやらジークハルトは馬車に乗るために自分をエスコートしてくれているようだ。

「だ、旦那様。ありがとうございます……！」

ソフィアは緊張と喜びで震えだす身体（からだ）をどうにか抑えて、ジークハルトの手に触れた。

（とても温かいです……）

思えば、初めて殿方の、手に触れたので心臓の鼓動がバクバクと鳴り響きどうにかなりそうだが、ふと見上げたジークハルトの表情が穏やかだったので、不思議と徐々に心中が落ち着いてくる。

そうして、ソフィアはジークハルトのエスコートで馬車に乗ったのであった。

二人を乗せた馬車は、屋敷を出発したのち徐々に加速し、現在は一定のスピードを保ち走行している。

ソフィアとジークハルトは向かい合って腰掛けており、彼女はこれまで殿方と二人きりで馬車に乗車したことがなかったので、実のところずっと心臓が騒がしかった。

（旦那様と馬車の中で二人きり。き、緊張します……！　はっ、このようなときは、どのような対応をすればよいのでしょうか……！）

ソフィアがドキドキと高鳴る鼓動を抑えようとその場で大きく深呼吸をしていると、ジークハルトがコホンと一つ咳払いをした。

「ソフィア。今日の君の服装だが」

「は、はい！」

「その淡い色味が、君にとてもよく似合っている」

「!!」

ソフィアは瞠目し固まった。

本来、淑女の反応としてはあまりよろしくないのかもしれないが、褒められる機会が増えたとはいえ、未だにソフィアは褒められる度に一瞬、意識が遠のいてしまうのだ。

「あ、ありがとうございます！　旦那様のお召し物もとてもよくお似合いです！」

感動スイッチが入り思わず感極まって答えたが、ソフィアはジークハルトの紺のフロックコートが彼の黒髪によく映えており、彼と玄関で会った時からとても似合っていると思っていたので素直にそう伝えたのだ。

「君にそう言ってもらえると、非常に嬉しいな。……ありがとう」

「‼」

たちまちソフィアの顔面は真っ赤に染まった。耳までも真っ赤である。

「い、いえ、そ、その！」

ソフィアがしどろもどろになっていると、ジークハルトは再びコホンと咳払いをした。

「……ただ、君が今身につけているドレスはとても似合っているのだが、何分それは私の姉が嫁入り前に身につけていた衣服を直したものであるので、今日は君のためのドレスを仕立てたいと思うのだ」

ジークハルトの言葉をストンと受け止めると、それは自分自身に向けられた言葉なのかという疑問が浮かぶが、振り返っても当然誰もいないので自分に対してのものだったのかと実感する。

「わ、わたくしのドレスを……仕立てる……？」

彼の言葉が、自分の身に起きる事象ではないことのように感じ、再び気が遠くなりかけていると突然馬車がガタンと揺れた。

「きゃ！」

思わぬ振動に姿勢を保てなかったので、ソフィアの身体は抗（あらが）う余地なく座席の前方に投げ出された。

「大丈夫か？」

　ジークハルトは、投げ出されたソフィアの身体を咄嗟に抱き止める。

　ソフィアの思考は真っ白になったが、すっぽりとジークハルトに抱きしめられているので力強い鼓動が彼の胸から伝わってくる。

　思わずソフィアの身体は硬直したが、どこかで心地よさを感じる。

「ソフィア？」

　ソフィアが長らく返事をしなかったので不思議に思ったのか、ジークハルトはソフィアの顔を覗き込んだ。

　突然、視界にジークハルトのダークブラウンの瞳が入ってきたので、気を遠くしていたソフィアの意識が戻った。

「だ、大丈夫です……」

　何とか声を振り絞って応えると、ノックの音が響いた後に扉が開いた。

「旦那様、奥様。目的地に到着いたしました」

　思ってもみない第三者の介入にソフィアの思考は途切れるが、咄嗟に声の方へと視線を向けるとそこには唖然とした様子の御者が立っていた。

「お、お取り込み中に、申し訳ありません！」

　瞬間、ソフィアの血の気はさあっと引いていく。

（もしかして、御者の方にとんでもない勘違いをさせてしまったでしょうか……。ご、誤解を解かなければ……！）

ソフィアは意を決して口を開こうとするが、その一歩前にジークハルトが言葉を発する。

「ご苦労。私たちは少々準備をしてから降車するので、馬車の付近で待機するように。また、これからはこちらが返事をしてから開けるように」

「はい、かしこまりました。大変失礼をいたしました」

御者が速やかに扉を閉めると、馬車のステップを踏んでいるのか振動が響いてきた。

ジークハルトは、そっとソフィアの両肩に手を掛けて補助をし、向かいの席に彼女を座らせる。

彼がゆっくりと離れたあとも、ジークハルトの温（ぬく）もりが身体に残っているような感覚が巡り、ソフィアの思考は文字通りパンクする。

（キャパオーバーです……）

そう思いながら、ソフィアは両頬に手を当てた。

「大丈夫か？」

「は、はい！　それよりも旦那様。御者の方ですが」

「ああ。そうだな。ノックの返事を聞いてから扉を開くべきだな」

「い、いえ」

（気になるのはそこなのですね……）

そう思いながらソフィアがジークハルトの方に視線を向けると、彼が優しく微笑んだのでしばらく鼓動の高鳴りは続いたのだった。

その後、ソフィアはジークハルトのエスコートで馬車のステップを踏みゆっくりと降車した。

続いて、別の馬車で同行していた執事のセバスと侍女のテレサも二人に合流した。

「わあ、こちらが仕立屋さんなのですね！」

「ああ。本来ならば仕立屋は屋敷に呼ぶのだが、今日は街に出かけるのが目的なのでこういった趣向もよいだろう」

「は、はい！　お食事会の準備の際に初めて仕立屋の方とお会いいたしましたが、わたくし、一生のうちに一度仕立屋さんに入ってみたいと思っていたのです！　本当にありがとうございます！」

ソフィアのその言葉を受けて、ジークハルトとお供の二人が眉を顰（ひそ）めた。

（わ、わたくし、余計なことを言ってしまいましたでしょうか……）

「……君は、仕立屋に来るのは初めてなのだな。その様子では、実家で君のために仕立屋を呼び出すこともなかったのだろう」

「は、はい！　実家に仕立屋の方が訪れることもあったようですが、わたくしは会ったことはありませんし、こういった場所があることは、これまでアカデミーに通う際、馬車の中から見たことはありましたが、実際に訪れたことはなかったのでとても嬉しいです！」

キラキラとした表情でそう言い切るソフィアに対して、ジークハルトは小さく頷く。

「……私も大概だが、君の両親はとことん最低だな」

「旦那様？」

ソフィアは、今の話の流れでどうして両親のことが持ち出されるのか不思議に思い疑問を投げかけたが、ジークハルトは問いには答えず代わりにソフィアの手を取った。

「さあ、行こうか」

「はい！」

　そうして、ソフィアはジークハルトに連れられて入店したのだった。

　ソフィアの手を取ったジークハルトが仕立屋「マーガレット・クーチュリエ」の扉を開くと、途端に心地のよいドアベルの音が鳴り響いた。

　ソフィアは、仕立屋に足を踏み入れるのは初めてなので緊張と期待で胸がいっぱいになるが、自分の手を握るジークハルトの手の温もりが現実味を感じさせてくれるので、気をしっかりと保つことができた。

「いらっしゃいませ。お待ちしておりました、グラッセ公爵閣下、奥様」

「ああ、今日はよろしく頼む」

「はい。公爵閣下におかれましては、弊店をご指名いただきまして誠にありがとうございます。すでに準備は万端でございます」

　壮年の男性は、ジークハルトに対してお辞儀をしたあと、改めてソフィアに向き直った。

「初めまして、奥様。私は弊店の支配人を務めております、ケリー・ジョーンズと申します。以後お見知りおきを」

今までこのような丁寧な挨拶を先んじてされたことはほとんどなかったので、ソフィアは胸が熱くなり身体が震えるが、何とか感動で裏返りそうになった声を必死に抑えた。

「初めまして、ジョーンズ支配人。わたくしはソフィア・グラッセと申します。こちらこそよろしくお願いいたします」

ソフィアがスカートを持ち上げてカーテシーをすると、次いでケリーもお辞儀をして返した。

そして、挨拶が終わったことで安堵し少し心に余裕ができたソフィアは店内を見回す。

すると、店内には店員と思しき男女が合計五名いることが確認できたが、客は誰一人いないことが分かった。

(たまたま今の時間には、お客様はいらっしゃらないのでしょうか?)

そう疑問を抱いていると、ハツラツとした表情の女性がソフィアの目前まで近づきスッとお辞儀をする。

「グラッセ公爵夫人。こちらは弊店の筆頭デザイナーのアン・フォードでございます。本日、夫人の担当をさせていただきます」

ケリーが紹介をした女性は、綺麗な仕草でお辞儀をし続けている。

なぜ顔を上げないのだろうと疑問に思っていると、ふとソフィアが指示を出すまで待っているのだと思い当たる。

お飾りとはいえ、現状ではソフィアは公爵家の夫人である。

階級制度がある以上、労働者階級の彼らが先に声を掛けることや行動することは基本的には許されていないのだ。

「お顔を上げてください、フォードさん。本日はよろしくお願いいたします」

そう声を掛けると、アンはゆっくりと優雅な仕草で上体を起こし、ニッコリと微笑んだ。

「グラッセ夫人。本日はどうぞよろしくお願いいたします」

それからソフィアとジークハルトは、二階の特別室へと案内されドレスの選定が始まった。

ソフィアはすぐに試着室に通され手際よく採寸が終わると、早速ドレス選びに入る。

まず、完全特注のドレスを季節や用途に合わせて三着仕立てることになったのだが、アンの質問に答えていると思いのほかスムーズに話が進んでいった。

「それでは、こちらのデザインで製作させていただきます。現在は社交シーズンではありますが、弊店は生地などの在庫は充分にありますので問題はございません」

「そうか」

「はい。遅くともシーズン中の二ヵ月以内にはいずれも仕立て終わることが可能かと思います」

「了承した。それならば安心だな」

ジークハルトは目を細めたのち口元を緩め、その表情にソフィアはドキリとする。

(長時間付き合わせてしまい申し訳ないと思っていたのですが、も、もしや旦那様。今、ほ、微笑まれたのでは……⁉)

思わぬジークハルトの表情にドキリとしていると、その様子に気がついたのかジークハルトがソフィアの方に視線を向けてコホンと咳払いをした。

すると、これまで傍に控えていたアンやテレサがお辞儀をして退室して行く。

何かの準備のために退室したのだろうか。

「それでは、次は君の普段使いのドレスの選定を行うつもりだが、疲れていないか？」

「？　ふ、普段使いですか？」

「現在、君が屋敷で着ているドレスは私の姉が着ていたものを直したものだ。それをこれからも着てもらうのは流石に申し訳ない。ただ、直ぐに使用するためには特注したものでなく、既製品を直すことになるのだが、構わないか？」

「‼　い、いえいえいえ、そ、そんな、お飾り妻の、わ、わたくしなどが、そんな滅相もありません‼」

もの凄く目を泳がせて取り乱すソフィアを気にすることもなく、ジークハルトは彼女の方へと一歩踏み出した。

「君は、普段から我が家のために尽力してくれている。それに、以前に報酬を支払うと言ったはずだ」

「！　そ、そうでございました！　ですが、やはりわたくしはお飾り妻の身ですし、仕立てていただく三着のドレスのみでも、わたくしには過分で身に余りますので……！」

これまでソフィアはリサイクル品のドレスしか着たことがなかったので、新品の、それも特別に自分のために仕立てたドレスなど人生で初めてであった。

いくら報酬とは言え、分不相応だと思い非常に申し訳ない心持ちだったが、ジークハルトの厚意を思うとどうにも無下に断る気持ちにはなれなかった。

だが、普段使いのドレスとなると話は変わってくる。

何しろ、屋敷のソフィアの私室のワードローブには彼の姉が着ていたドレスが何着も掛けられているのだ。

そのドレスは流行こそ違えど今着ても問題なく、むしろそれらも自分には贅沢だとソフィアは考えていた。

そう考えを巡らせているソフィアに気づいているかは不明だが、ジークハルトはさらに一歩ソフィアの方へと踏み出してそっと彼女の髪を撫でた。

（……⁉　⁉　⁉）

途端に、ソフィアの思考がパンクする。

（だ、旦那様⁉　も、もしや、わ、わたくしの髪に何かついているのでしょうか⁉）

ドキドキと鼓動が波打ち、両頬が熱くなるのを感じながら、ソフィアはどうにか腰が砕けるところを踏ん張った。

「俺は、もう君がお飾りの役目を担う必要はないと考えている」

（⁉　お、俺⁉　ふ、普段は私だったはずですが……⁉）

ますます思考がパンクするが、ジークハルトが「俺」のあとに言った言葉が気に掛かり、何とか気を振り絞った。

「で、ですが、わ、わたくしは、一年間の契約妻ですし、は、初めからあくまで名義上は妻でも公爵家の夫人としての役割は担わないということだったのでは……」

契約結婚であることに加えて「愛することはない」と面と向かって言われたときに、自分はあくまでこの公爵家ではただ「妻がいるという事実を立証するための存在」だと認識したのだが、それは違ったのだろうか。

「……正直に打ち明けると、初めはそのつもりだった。俺は君に体裁のためだけのお飾り妻の役割を求めた。だが君は違った。君はいつも誠実に俺と向き合ってくれた。そんな君をこれ以上お飾りなどにさせておけない」

（お飾りに、しない……）

ジークハルトの言葉を何度も反芻（はんすう）して何とか飲み込むと、混乱した思考が少し落ち着いたように感じた。

「それは……とても嬉しいです。わたくしには身に余る光栄だと思います……」

言ったあと胸が熱くなり涙も込み上げてきた。

今すぐこの喜びを誰かに伝えたいと思うほど嬉しい。

だが、あることが過ると、その喜びはあくまでも自分の中で完結させなければならないとも思う。

「ソフィア」

「旦那様。……でしたら、わたくしは契約期間が終了するまで、公の場でも妻として振る舞ってもよろしいのですね……」

先日商会に赴いた際や、今日のように共に出掛けた際に周囲の者に「奥様」と呼ばれるたびに心のどこかで罪悪感が湧き上がっていたのだが、これからはもうそれを気にしなくてもよいのだろうか。

「無論だ。だが、ソフィア。契約期間のことだが……」

ジークハルトがそう言い掛けた瞬間、扉がノックされた。

「旦那様、奥様。一階の準備が整ったそうです」

二人は反射的にセバスの声がした方へ視線を向け、一つ間を置いて肩を落とした。

「ああ、了承した。すぐに向かう」

「かしこまりました」

これから下の階に移動しなければ。

そう思いソフィアは小さく息を吐きだすと、どうにか高鳴る鼓動を抑えることができた。

「それでは、……行こうか」

そう言ってジークハルトは口元を綻ばせて微笑み、そっとソフィアの手を取った。

「!?　!?　!?」

ソフィアは目を瞬（まばた）かせ、思考が停止しそうになるがジークハルトの手の温もりが心地よく、気がついたら自然な流れでジークハルトと共に歩き出していたのだった。

◇◇

「やはり、君はどのようなドレスを着ても似合うな」

あれからソフィアは店舗の一階の奥にある試着室へと移動し、デザイナーのアンによって前もって用意されていた複数のドレスの試着を行っていた。

「そ、そんな、恐縮です……！」

アンは、ソフィアが身につけているドレスの裾の処置作業を一旦止めてから立ち上がった。

「いいえ、奥様。とてもよくお似合いでいらっしゃいますわ」

「はい。奥様はどのようなドレスでもお似合いになられるので、わたくしはお仕えをする身ですが、密（ひそ）かにわたくしの推しのドレスを着ていただきたいと常日頃から思っております」

なぜか、ジークハルトをはじめアンや侍女のテレサらが褒め倒してくれるのでソフィアの活力はゼロに近くなるが、チラリとジークハルトの顔を見ると安心感が湧き上がってくるので持ち直すことができたのだった。

それから既製品のドレスを数着選び、注文した品は完成次第公爵家へと届けてもらうように手配をすると、街の流行のカフェで昼食を摂ることになった。

件のカフェはレンガ作りのオシャレな外装で、先に執事のセバスが店主に話を通したことによってスムーズにテラス席へと通された。

「だ、旦那様！　ここがカフェなのですね！」

「ああ。好きなものを頼むとよい。私はハムサンドにするが、ポテトグラタンも以前食した際に美味だと思ったな」

（先ほどは俺と言っておられましたが、元に戻っています！）

ソフィアはそう思うと少し残念な気もしたが、心臓がもたなさそうだったのでどこかホッとしたのだった。

それから二人は案内された奥の席にそれぞれ座り、傍に立つテレサが片手を挙げてハムサンドとポテトグラタンをウェイターに頼んだ。

「ふふ、わたくし、こうして誰かとカフェに行くのも夢だったのです！　今日はたくさん夢が叶いました」

「……これからも、私と一緒に来ないか」

「よろしいのでしょうか？　旦那様はお忙しいのでは……」

「いいんだ。むしろ私が一緒に行きたいのだから」

「旦那様……」

（そんなセリフ、夢物語の中でしか聞いたことがありませんでした！　今日は一生の思い出にします！）

「お待たせいたしました」

ウェイターが手慣れた手つきで次々と料理と飲み物をテーブルの上に置いていくと、途端にソフィアの瞳が輝いた。

「わあ、とても素敵です！」

もちろんグラッセ公爵家の食事も絶品なので、ソフィアは毎日食事の時間が待ち遠しく心躍らせているのだが、生まれて初めての外食は屋敷の食事とは違った意味での感動があった。

ポテトグラタンをスプーンで掬い一口食すと、ホクホクのポテトとホワイトソースの濃厚な味わいが口いっぱいに広がった。

ソフィアはナプキンで口元を拭うと、より瞳を輝かせる。

「こちらのポテトグラタン、とても美味しいです！　ホクホクのポテトに厚切りのベーコンの組み合わせはこんなにも合うのですね！　絶品です！」

感極まって感想を述べ終わると、はたと周囲の視線が気になった。

この場所が普段の屋敷の食堂ではないことを思い出し、自重しようと思う。

「ああ、そうか。とても美味そうだ。君の幸せそうな顔を見ていると私も嬉しくなる」

「だ、旦那様……」

ただ、ジークハルトが普段と何ら変わらない反応を示してくれるので、たまらなく嬉しくなってソフィアの胸の奥はジンと温かくなるのだった。

そしてカフェでの昼食が終わると、二人は宝飾店へと赴いた。

聞いたところによると、この店は午前中に訪れた仕立屋の姉妹店であるらしい。

「とても君に似合いそうだ」

そう言ってジークハルトが視線を向けているのは、支配人が提示した大粒の透き通る宝石が嵌められたネックレスであった。

「と、とても素敵ですが、こ、このような大変値打ちのある宝飾品は、わ、わたくしには……」

周囲の目もあるので公爵夫人らしく毅然とした態度でいなければならないと思うのだが、一体どれほどの値がするのか不明なネックレスを目の当たりにすると、自然と身体も声も震えるのだ。

「いや、君にこそ価値があるだろう。支配人、こちらを購入したいのだが」

「はい、かしこまりました。ありがとうございます、閣下」

ジークハルトは頷くと、目前のショーケースを一通り眺めた。

「支配人。更に、ここからここまでを包んで欲しい。後ほど公爵家に届けるように」

「かしこまりました」

ソフィアは思わず目を白黒させた。

「だ、旦那様、そんなに沢山の宝飾品、わ、わたくしにはもったいないです……！」

「これらの宝飾品はあくまで基本の揃えだ。君にはこれから私の妻として来客対応もしてもらうことになるので必要になるだろう」

そう淡々と説明されるとその言葉には妙に説得力があり、ソフィアは勢いに押されて（そうかもしれないです……！）と思い納得したのだった。

「そうでしたか……！　そのときは、精一杯努めさせていただきます！」

ジークハルトは目を閉じて小さく頷いた。

「ああ。是非そうして欲しい」

何かその言葉には彼の願望が込められているような、そんな気がした。

支配人から改めて宝飾品の案内をしてもらい、何点かを追加で購入したのち退店した。

そうして二人は屋敷へと戻り夕食を共にしたが、ジークハルトはこれから屋敷での仕事があるとのことで食後に執務室へと向かい別行動となった。

普段二人は、時折食後に居間（パーラー）にて雑談を楽しんでいるのだが、今夜は難しいとのことだったので、ソフィアは一人自室で本を読んでいた。

また、今は湯浴みを済ませて白地で裾にレースが施された寝巻を着ている。

「ふわあ、今でも夢のようです」

どこか現実味がないが、それは日中にジークハルトから「お飾り妻である必要はない」と伝えられたことで気持ちが舞い上がっているのだろう。

「まさか、実家ではいないもの同然として扱われていたわたくしが、旦那様からあのように言っていただける日が来るなんて……」

呟くと、胸の奥から熱いものが込み上げてきた。

誰かから、それも最初は自分を拒絶した相手から必要とされる。

それがどんなに尊いことか身を以（もっ）て理解していた。

「このようなことは、もうこれから一生ないことですね。お屋敷で過ごす日々を大切にしていかなければいけません」

　呟いたあと、胸がズキリと痛んだ。

「わたくしは、いずれここを去る身です。あまりよい思いをしては、ここを去る際に辛い思いをするかもしれません」

　目を閉じると、幼い頃に母親から気まぐれに贈られたクマのぬいぐるみのことを思い出した。

「……もう、あのような思いはしたくはありません……」

　自分自身の心を守るために固く記憶に封印を施し、ソフィアは心の中で無意識にジークハルトを始めアリアや屋敷の使用人ら心寄せる人々と自分の間を、見えない何かで線引きした。

「わたくしは幼い頃から誰からも認識されなかった存在です。この幸せは最終的に失くしてしまうものですから、未練がないようにみなさんから慕われたいという気持ちを自分の中に持っていてはいけません」

　そう思うと頭はスッとしたが、なぜか胸の痛みは消えなかった。

　それから、約二ヵ月。
　ソフィアの実家であるエリオン男爵家は、例の魔法式の誤述の件で王宮に召喚された上に尋問もされたらしい。

　また、魔法道具の国内シェア一位のマジック・ファースト商会が、欠陥のある魔法式を商品に組み込むことを提唱・推進した商会の顧問であるエリオン男爵家を訴える予定であると囁(ささや)かれている。

　先日の新聞の報道によると、どうやらこの件は商品を購入した一部の人々の健康を害したことで訴訟問題にまで発展しているらしい。

　そもそも、その件は商会にも非があるということで話が付いていたはずだったのだが、その後の話し合いでよほど齟齬(そご)が生じたのだろうか。

　そして、ジークハルトは未だに一連の事実をソフィアに伝えることができていなかった。

　察しのよいソフィアのことだから、彼女が魔法式の欠陥を指摘した時点で、実家にどのような処罰が下されるかは大方理解しているのだろう。

　だが、何分「ソフィアが指摘をしたせいで実家が窮地に陥った」事実を知ったときに彼女がどのように感じるのか、心優しい彼女が罪悪感を抱くのではないのかと思うと伝えることを躊躇(ちゅうちょ)するのだ。

　そう思いながらも、ジークハルトとソフィアは外出用の装いをして、公爵家専用の馬車に乗り込んでいた。

　ちなみに、今日は土曜日でありジークハルトの商会は休日である。

「歌劇は随分と久しぶりだが、君と一緒ならば楽しいだろうな」

　ソフィアは、パチクリと瞬きをすると一気に頬を赤らめた。

「わ、わたくしも、旦那様と一緒に歌劇を観覧することができて嬉しいです！」

ソフィアの柔らかい笑顔を見ていると、ジークハルトは心が満たされるように感じた。

ここのところ、例の魔法式の対応に追われていた上に、議会が開会して議員としての仕事も本格的に始動したので帰宅が連日深夜となり、ソフィアとの時間をほとんど取ることができていないのだ。

その中でも救いは、朝食だけはほぼ毎日一緒に摂ることができていることである。

（ただ、食堂には使用人が複数いて込み入った話はできなかったからな。今日はじっくりと今後のことについてソフィアと話し合う予定だ）

そう思い、多忙の合間を縫って執事のセバスに歌劇の手配やソフィアのドレスの用意について指示を出した。

今日彼女が身につけているのは、先日に仕立屋で特別に注文したドレスである。

そのドレスは、藍色の絹に全体的に繊細な刺繍が施され、胸元やスカート部分に薔薇(ばら)の装飾も付けられており、紫色の絹糸の刺繍が心から彼女に似合っていると思った。

ちなみに、ジークハルトは黒のウエストコートを着込み、その上に黒のフロックコートを身につけている。

「今日の君も綺麗だな」

ソフィアは、スッと笑顔のままそのまま動きを止めた。

不思議に思い観察してみると、どうやら固まっているようだ。

「ソフィア？」

「⁉　は、はい‼」

「大丈夫か？」

「は、はい！」

すぐにソフィアは顔を真っ赤にさせて手をモジモジと動かすが、間を置いてから口を開く。

「旦那様、ドレスを褒めていただきましてありがとうございます。素敵なドレスを仕立てていただきましてとても光栄です！　旦那様もとても素敵です！　もちろん旦那様ご自身がですが……！」

「ありがとう。だが、俺は君自身が綺麗だと伝えたかったんだ」

「⁉」

再びソフィアはしばらく固まっていたが、数分後に「ありがとうございます」と呟いた。

ジークハルトは真っ赤な顔でそう言ったソフィアを見ていると、今晩伝えようとしている言葉をここで伝えようかとも思ったが、そう思案をした瞬間に馬車が目的地へと到着したので、彼女をエスコートして劇場へと足を踏み入れたのだった。

◇◇

「閣下、奥様。ようこそおいでくださいました。こちらへどうぞ」

「ああ、今日はよろしく頼む」

「はい」

支配人により二人は特別室に案内され、付き添いの執事のセバスや侍女のテレサは出入り口で控えているので室内には二人きりとなる。

馬車の中でも二人きりであったし、最近は機会が遠のいているとはいえ、屋敷でも居間内にて二人きりになることもあり、それ自体には慣れてはいるのだが、今は先ほどのジークハルトの言葉が頭の中でグルグルと回って落ち着かなかった。

（だ、旦那様が、わ、わたくしのことをき、綺麗だと、お、仰ってくださいました……⁉）

現在、絶賛大混乱中であるからか、身体中に熱が駆け巡っていくのが分かった。

ともかく落ち着こうと立ったまま深呼吸をしていると、不意にソフィアの手に温かな感触が触れた。

「ソフィア。楽にするといい」

ジークハルトにとっては何気ない言葉なのかもしれないが、今のソフィアにはそれがまるで熱を帯びた言葉のように聞こえてますます大混乱に陥るのだった。

それから、ジークハルトはソフィアを舞台が見えやすいように設置されたソファまでエスコートし、はっと気が付くといつの間にか彼女はソファに座っていた。

「だ、旦那様……！」

「どうかしたか？」

「あ、あの、今日の旦那様はなんというか、その」

「？　普段と変わらないが」

「⁉　そ、そうですか……⁉」

本気で特に変わった心持ちはないと思っているのか、ジークハルトに動じた様子はなく、そんな彼の様子を見ているとなぜかソフィアの心中は落ち着きを取り戻していった。

そうこうしていると、会場内に拍手が巻き起こりステージ上に女性が姿を現し歌唱が始まる。

「す、凄い……‼　この世にこれほどまでに綺麗な歌声があるなんて……‼」

これまで、実際に歌手が歌っているのを聴いたことがなかったからか、ソフィアは肌が粟立ち涙も込み上げてきた。

「俺は、君の声以上に綺麗な声は知らないな」

そう言って、ジークハルトはソフィアの銀髪を自身の手にそっと掬った。

「‼　‼　‼」

途端に、ソフィアの心臓がバクバクと打ち、思考は大混乱に陥った。

（キャ、キャパ、キャパオーバーです……‼）

顔を真っ赤にして視線を彷徨（さまよ）わせているソフィアの様子を受けてか、ジークハルトは口元を緩めてそっと髪の毛を離す。

鼓動は高鳴りっぱなしであるしどうしようかと視界を彷徨わせていると、ジークハルトが視界をステージの方へと向けたのでソフィアも倣って目をそちらへと向けた。

そうしていると、何とか鼓動が落ち着き、次第に女性の歌声が心に響いてくる。

「ソフィア、泣いているのか」

「は、はい。あまりにも美しい歌声ですので……」

（はっ。旦那様の前で涙を流すなんて、みっともなかったでしょうか……！）

慌てて目尻に溜まった涙を手で拭おうとしていると、ジークハルトがハンカチを差し出してくれた。

「これで拭うとよい」

「……ありがとうございます……！」

ハンカチを受け取りそれでそっと涙を拭うと、そのハンカチから爽やかな香りが漂ってきた。

「……もしかして、この香りは……」

「ああ。君が贈ってくれたポプリの香りだ」

「旦那様……」

ポプリは香りがなくなる頃を見計らって新しい物を贈っていたのだが、正直なところこうして実際に使用してくれているとは思っていなかった。

「旦那様、ありがとうございます……！」

「礼を言うのは俺の方だ。ソフィア、贈り物をありがとう」

ソフィアはそう言って微笑んだジークハルトの笑顔を、これからもずっと覚えておこうと胸の中にそっとしまったのだった。

公演が終了したのち二人は劇場を退出すると、再び馬車に乗り、それから十分ほどで馬車は豪奢な建物の前へと到着した。

停車後、ソフィアはジークハルトのエスコートでスムーズに下車をすることができた。

現在は十九時を過ぎたところであり、辺りはすっかり暗くなり魔法灯が周囲を照らしている。

「それでは行こうか」

「は、はい……！」

先ほど、ジークハルトからこれからレストランで食事を摂ると伝えられたのだが、目的地は想像以上に豪奢な建物であり、その周辺は高貴な雰囲気がより高まっているようで、ソフィアは緊張感を抱いた。

加えて、ジークハルトが腕を差し出したのでソフィアは固まるが、意識して彼の顔を見ると柔らかい表情をしているので心が少しずつほぐれてくるように感じ、遠慮がちにジークハルトの腕に自身の手を添える。

（うう、や、やっぱり緊張します……!!）

ぎこちない動きで歩き出すが、ジークハルトはソフィアの歩く速度に合わせて動いてくれた。

（だ、旦那様。わたくしの動きに合わせてくださっているのですね……！　恐縮ですが温かい心遣いをしていただき、わたくしは……幸せ者です！）

そして、正面ロビーから魔力で動作するエレベータに乗り込み三階で降りると、件のレストランへと入店する。

すると、壮年の男性が二人を出迎えた。

「ようこそおいでくださいました。グラッセ公爵閣下、奥様。特別室をご用意しておりますので、こちらへどうぞ」

「ああ、頼む」

軽やかな動きで支配人だと名乗った男性のあとをついて行き、店内の中央をジークハルトと共に歩いていると、ソフィアの視界に既視感を覚える人影が映った。

「なぜ我らが入れないんだ！」

「支配人を呼びなさい！」

特別室と書かれた部屋の前で騒ぎ立てている四人の男女を一目見て、ソフィアは身体を固めた。

「エリオン男爵。何度も申し上げているとおり、こちらは予約席となりますので、男爵には別の個室へとご案内をさせていただきます」

「何を言っているのだ！　我らがなぜこの店で二番目の部屋になど通されなければならぬのだ‼」

目前で声を荒らげている銀色の髪の男性のことを、ソフィアはよく知っていた。

尤(もっと)も、これまでの人生で彼と会話をしたことは記憶する限り、片手で数えられるくらいなのだが。

――父親であるのにもかかわらず。

「お……父……様……」

　精一杯声を絞り出したが消え入るような掠れた声になり、目線の先で今もなおエリオン男爵は怒声を上げているので、どうやら彼はソフィアの存在に気がついていないようだ。

　ジークハルトの腕に摑まるソフィアの手が震え、力も抜けてきたので今にも離れてしまいそうだった。

「ソフィア。大丈夫か？」

　ジークハルトの力強い声が耳の奥に響きパッと顔を上げると、彼の強い瞳が目に映った。

「……はい。旦那様」

　ジークハルトの声を聞いたからか、不思議と心が静かな水面のように落ち着きを取り戻したように感じる。

　深呼吸をすると、呆れたことに今もなお怒声を上げている父親の元へ意を決して近づこうと一歩を踏み出す――が、ジークハルトがソフィアを庇うようにして先に前へと進み出たので、彼女はその場に留まった。

「エリオン男爵。久しいな」

　ジークハルトのよく通る低い声に反応したのか、エリオン男爵とその家族らは一斉にジークハルトの方に視線を向けた。

「グラッセ公爵閣下！　なぜ閣下がこちらに⁉」

「私は妻と食事に来たのだ。それよりも、男爵はここには何用で来たのだ」

「わ、私も、家族と食事をと思いまして」

「そうか。だが、そちらの部屋は我々が予約をしている部屋だ。悪いが男爵は別室に移ってくれないか」

「はい！　速やかに移ります！」

そう言ったエリオン男爵は、後方で様子を見守るソフィアの存在には全く気がつく様子もなく、彼の連れであるソフィアの母親らに何かを伝えるとこの場を立ち去ろうとした。

（やはり、わたくしはどこまでもいない存在のように扱われるのですね。先ほど旦那様が『妻と食事に来た』と仰っていたのに、お父様はわたくしが近くにいる可能性をお考えになることはないのですから）

分かってはいたが、それでも改めて「いないものとして扱われている」と自覚をしてしまうと辛いものがあった。

現在、ソフィアが享受できている幸せは、あくまでも期間限定の仮初めのものだ。

だから、ソフィアには心の拠り所にできるようなものは本来はないのだと思った。

（わたくしは、誰かに頼って生きていくことは許されない身の上だと改めて気づかされました。……旦那様にご迷惑をお掛けしたくありませんし、この場ではこのままいない存在のように振る舞った方が賢明なのかもしれません）

ソフィアは心に鈍い痛みを感じたが、それでも今は気にせず空気のように気配を消すことに徹した。

そう息を潜ませていると、突然高い声が響く。

「グラッセ公爵閣下。お会いすることが叶い光栄です」

髪を後頭部に綺麗に纏めて、上品な仕草でカーテシーをしたのはソフィアの姉のリナである。

ソフィアの鼓動が、嫌な音を立てて強く跳ねた。

思考はほぼ停止状態なのに、本能的な何かが「危険」を知らせているように感じた。

「ああ。君のことは知っている」

「まあ、嬉しい！　わたくしのことをご存じなのですね！」

ソフィアは、そっと目を閉じた。

（お姉様は、このような表情をする方だったのですね……）

実家でソフィアが姉のリナにいつも向けられていたのは虚無、もしくは拒絶の視線だった。

あのような生き生きとした瞳を姉から向けられたことなど、これまでただの一度もなかった。

（お姉様は旦那様に……好意を持っているのでしょうか……）

リナがジークハルトに対して好意を持っている理由は分からないが、その事実は彼女の様子から漠然と分かってしまうのだ。

（そうなのだとしたら……、旦那様はお姉様の好意をどのように……お受けになるのでしょうか……）

考えると、まるで鋭利な刃物で身体中を刺されたように感じ、今すぐこの場から立ち去りたい衝動に駆られた。

無意識に一歩後ずさると、ソフィアが履いているヒールの音がカツンと周囲に響き、一同が一斉に彼女の方に視線を移した。

(ま、まずいです。それにしても、家族の皆さんにこのように注目されることなんて生まれて初めてではないでしょうか……)

ソフィアは、ギュッと手を握り締めた。

「とても綺麗ね。ドレスが」

「……ええ。あの子は、本来あのようなドレスを着られるような立場の子ではないのです」

ソフィアの母親のマヤが静かにピシャリと言い放ったので、ソフィアの胸がズキリと痛む。

「なぜ、あれがここにいるのだ」

エリオン男爵が悲鳴のような声を上げると、マヤとリナが互いに顔を見合わせて冷笑を浮かべた。

最初は意表を突かれたような表情をしていたが、次第に刺すような、まるで敵を見るかの如く鋭利な視線をソフィアは家族から一身に受ける。

(わたくしはこれまで実家ではいないものとして扱われていたはずですが、本当はこのような視線を向けられるくらい悪意を持たれていたのでしょうか……)

無関心だったはずなのに、その実、家族は自分のことを心から憎んでいたのかもしれない。

もしそうだったとしたら、お互いの平穏のために自分はいないものとして扱われていたのだろうか……。

――姉弟の中で、唯一魔力を持って生まれなかったから。

「公爵閣下は、とても慈悲深くいらっしゃるのですね。あのような者にさえ慈悲をお与えになるとは」

「流石でございますわ」

エリオン男爵とリナが次々とジークハルトを褒め称え、ソフィアは心臓を鷲掴みにされたような鈍い痛みを覚えた。

ここから、消えてなくなってしまいたい。

ネガティブな思考で支配されそうになりかけたそのとき、ジークハルトが真っ直ぐにソフィアの元へ歩み寄り彼女の手を取った。

「私は、ソフィアを心から素晴らしい妻だと思っています」

「!!」

そう言って、ジークハルトはソフィアの肩を抱き寄せた。

「エリオン男爵。あなたにはタウンハウスに伺いたい旨の書簡を何度も差し上げたはずだ。具体的な返事をいただけないようであれば、後日あなた方のタウンハウスを強制的に訪ねることになるが、よいな」

「……はい」

そこまでジークハルトが言い切ると、エリオン男爵は他の家族を置いたまま「失礼する」と言い残しその場から脱兎の如く去って行った。

母親のマヤがソフィアに対して向ける瞳は虚無だったが、姉は始終悔しそうに下唇を噛み鋭い視線を投げかけていたので、ソフィアは恐ろしさから全身に鳥肌が立つのを感じた。

「大丈夫か」

瞬間、ジークハルトが再び身体を引き寄せ彼の胸に埋まる形になる。

それを受けてなのか、残りの三人もエリオン男爵のあとを追うように立ち去って行った。

ソフィアの家族のこのような行動は、先ほどまでであれば大混乱を起こしていただろうが、今はジークハルトの温もりが心地よく、彼女はもう少しこのままでいさせて欲しいと思ったのだった。

それから二人は無事に特別室へと案内され、互いに向き合って座っていた。

窓ガラスからは夜景が煌めいて見えた。

魔法灯が遠くで無数に煌めいており、幻想的に感じる。

あのような出来事のあとなのでジークハルトは食事自体をキャンセルすることも考えたのだが、一度予約してあるものを反故にする方がソフィアを傷つけてしまう可能性があると思い直し、ひとまず席に着いて彼女の状態を確認することにしたのだ。

「ソフィア、大丈夫か」

どのように声を掛けてよいかと迷ったが、ここは飾らずにストレートに訊くことにした。

「……はい。わたくしは大丈夫です」

そう言ってソフィアは微笑んだが、その表情はどこか苦笑しているように感じた。

きっと、心が傷ついているのにもかかわらず、無理をして笑っているのだろう。

「……旦那様」

ソフィアは眉を顰める。

彼女は何かを伝えることを躊躇しているようだ。

「何だろうか」

「……先ほどは父が、……わたくしの家族が大変失礼をいたしました」

そう言って、ソフィアは頭を下げた。

「旦那様に、大変不快な思いをさせてしまいました。心からお詫びいたします」

両肩を小刻みに震わせて、自分自身のことではなく父親らの非礼を謝罪するソフィアの姿にジークハルトは胸を痛めた。

そんな彼女を見ていると、ジークハルトの心中に珍しく動揺が広がっていく。

「ソフィア、先ほどの件は君にはまったく落ち度はない。気にする必要はない」

だから、ジークハルトにしては珍しく語気が強くなったのでソフィアが怯えていないかとすぐに視線を移すが、彼女は動じていないようだ。

「……旦那様。ありがとうございます……」

そう言って再び微笑んだソフィアの表情は、心なしか先ほどよりも和らいで見えた。

そして、少し間を置いたのちにジークハルトは手元のハンドベルを鳴らして給仕を呼び、食事を運ぶように指示を出した。

まもなく、食前酒と前菜の色鮮やかなテリーヌが運ばれジークハルトが口にしたのを見届けると、ソフィアも次いで口にした。

ソフィアは必ず主人である自分を立てるように行動をする、とジークハルトは思った。

思えば、今までソフィアは夫人教育を施されたことはないはずだが、彼女の作法は完璧だと言えた。

細かいところは夫人教育を施し追々身につけていけばよいのであるし、王宮での夜会などの特別な行事がない限り問題はないだろう。

そして、ソフィアは音を立てずにスープを飲み終え、口元をナプキンで拭った。

「こちらのカボチャのポタージュは、とても甘くて優しいお味ですね」

「ああ、そうだな」

ソフィアの、飾らない率直な言葉が心地よかった。

「旦那様。こちらのお肉、柔らかくてとても美味しいです！」

メインディッシュに進み、最初は優れなかったソフィアの顔色が徐々によくなってきた。

「ああ、とても美味い。君と一緒に食事をしていると、より美味く感じられるな」

「旦那様……」

ソフィアは目を見開き、両頬を染めて次第にその瞳を潤ませるが、ハンカチで目頭を押さえ姿勢を整えた。

そして、デザートが終わりそれぞれに食後のコーヒーと紅茶が提供されると、ソフィアは改めて背筋を伸ばした。

「旦那様、実はご相談があるのです」

ジークハルトは、ソフィアの気配がスッと変わったように感じた。

張り詰めた緊張感が静寂をより引き立たせている。

そもそも、普段ならばジークハルトを立て、彼女の用件を先に切り出すことはしないので、よほどの用件なのだと察した。

「何だろうか」

「……契約の終了後のわたくしの身の振り方に関してなのですが……」

ソフィアは言い辛そうに切り出した。

「その、わたくしはどのような身の上になるのかは存じませんが、できれば離縁後にしばらくしたら、……わたくしはどこかで働きたいと思うのです」

言い切ると小さく息を吐きだす。

「もちろん、離縁後すぐには世間の目もあるでしょうし、わたくしは修道院などに身を潜めることになると思いますが、五年や十年、時間が経ってからどこかで働けるように取り計らっていただけると、とても嬉しいです」

ソフィアは、更に深く息を吐きだすと背筋を伸ばしてジークハルトの瞳に視線を向けた。

ジークハルトはソフィアの言葉を受けて、自身の思慮の浅さを思い知った。

（俺は愚かだ。……なぜ、彼女にもっと早く契約破棄のことを伝えなかったんだ。……いや、俺は伝えられなかったんだ。この言葉を伝える資格は俺にはないと、どこかで思っていたからだ）

そう思うと、思考がクリアになっていくように感じる。

「ソフィア。俺にはもう契約を続ける意思はない。実のところ、エリオン男爵には再三契約破棄の旨の書簡を送っているのだが、はぐらかされていてな。それが正式に破棄されるまで伝えるのは憚られたのだが」

ソフィアは、身体の動きをピタリと止めてジークハルトから決して視線を逸らさなかった。

（加えて、きっと筋を通さなければこの件を伝える資格もないとどこかで思っていた。だが、それは違った。ソフィアを一瞬たりとも不安にさせてはならなかった）

そう思案をすると、ジークハルトは先ほどのエリオン男爵の礼を失した態度が脳裏に浮かび、決心をする。

「もちろん、君の意思を尊重した上でだが」

ジークハルトは真摯な視線をソフィアに対して向けた。

「俺は、君との期間限定である結婚の契約を破棄したいと考えている。本来の契約期間の終了後も、君には俺の妻としてそばにいてほしいんだ」

ソフィアは目を見開き、しばらく固まった。

一分ほど経過しても動かないので心配になり声を掛けようとしたタイミングで、一瞬早くソフィアが口を開く。

「それでは、……契約は……延長……していただけるのでしょうか」

「いや、延長ではなくあくまで……」

破棄したいと言い掛けたが、ソフィアの虚(うつ)ろな瞳と目が合うとその言葉は飲み込んだ。

きっと、ソフィアはまだ自分にはジークハルトの正式な妻になる資格はないと心のどこかで思っているのだ。

それに、エリオン男爵や姉らから酷(ひど)い言葉を浴びせられたあとでは尚更(なおさら)だろう。

「旦那様、……ありがとうございます……！　わたくし、契約延長後もお飾り妻として誠心誠意努めて参ります……！」

「いや、君はもうお飾りである必要はない。むしろ、堂々と公爵家の夫人として振る舞って欲しい」

ソフィアの動きがピタリと止まった。

「……よろしいのでしょうか」

「ああ、もちろん」

ソフィアはスッと目を細めてすぐに俯(うつむ)く。

小刻みに身体を震わせているので心配になるが、すぐに察してハンカチを手渡した。

それを受け取ると、ソフィアは涙を浮かべ綺麗な表情で微笑む。

「旦那様、ありがとうございます」

その笑顔を受けて、ジークハルトは改めて自覚をした。

（ああ、俺はたまらなくソフィアのことが好きなんだな）

「いや、礼には及ばない。こちらこそいつもありがとう、ソフィア」

ジークハルトがそう言うと、ソフィアは大きく目を見開いて再び穏やかに微笑んだ。

彼は、今夜のソフィアの笑顔を一生忘れないようにしようと思ったのだった。

「ソフィアさんとの契約結婚をなかったことにしていただきたい。正式に彼女との結婚を考えています」

先の一件から約一週間後の週末。

ジークハルトは宣言どおり、エリオン男爵家のタウンハウスを訪れていた。

なお、前もって先触れを出していたからか、玄関先で対応された執事に問題なく応接間へと通されたのだった。

彼は黒のフロックコートを着込んでおり、その様は一分の隙も見せないように感じる。

「な、何を仰っているのですか⁉　あれは不出来な娘です。公爵閣下には全く不釣り合いも甚だしいのです。あんな娘よりも、私の長女のリナはいかがでしょうか。リナは完璧な淑女で」

「結構です。……妻の大切な実父にこのようなことを言うのは気が引けるのだが、あなたは真に娘のことが見えているのか」

「無論です！　第一、あの娘には全く魔力がないのですよ。あいつは生まれてきただけで我が家の平穏を乱したのです」

（ソフィアがこの場にいなくて本当によかった。こんな言葉、とても聞かせられない）

ジークハルトは右手を強く握り締めて、息を小さく吐き出した。

怒りが沸々と湧き上がってくる。

どうして、この父親は実の娘に対してこのような酷いことを言えるのだろうか。

そう思考を巡らせると、ある考えに行き着いた。

おそらく彼らには驕りがあるのだろう。

自分達には高い魔力がある。他の者とは違うという選民意識があるのだ。

それがどんなに愚かなものなのか、ジークハルトはエリオン男爵を目前にして身を以て感じた。

（もう、二度とソフィアにこの家の敷居を跨がせてはならない）

「あなたの言い分は理解した。ならば私はこの契約を破棄することを断言する。支度金はすでに支払っているので、問題はないな」

「くっ……!!　……はい……」

ジークハルトは、半ば脅迫めいているのを承知で敢えてこのような口調で言い放った。

「では失礼する」

そうして、ジークハルトはエリオン男爵家のタウンハウスを後にしたのだった。

◇◇

ジークハルトを見送ると、エリオン男爵は力なくソファに腰掛け直した。

「……非常に不本意だが、仕方がないか……」

ジークハルト側は、正式な婚姻書類をすでに貴族院に提出しているし、嫁入りの準備のためにとエリオン男爵家には支度金まで払っている。

契約結婚の書類さえなければ、なんら問題のない結婚であるのだ。

一方で、ソフィアの父親からしてみれば娘を一年間の契約でジークハルトに売った形であり、もしジークハルトがあちら側の契約書を何らかの形で隠蔽して、その事実のみを明るみにしてしまえば、男爵家にとっては大きな痛手となるだろう。

また、男爵家も契約書を持ってはいるが、その切り札を使える手段はこちらの現状から考えるとあまり多くないと思われる。

「ただでさえ、魔法式の件で我が家は商会から衝かれているのだ。これ以上のスキャンダルはまずい」

呟くが、どうしても納得ができないという気持ちも込み上げてくる。

「我が家に魔力がない人間が出たなど、そんなことがあってはならぬのだ！　予定では、あれは公爵閣下にボロ雑巾のように扱われて、ゆくゆくは平民としてひっそりと生を終えるはずだったのだ！」

それなのに、なぜソフィアは公爵家で大切にされているのか。

思い返してみると、先日レストランでソフィアと遭遇した際に、彼女はまるで本物の公爵夫人のような華美なドレスに身を包み、ジークハルトにエスコートをされながら入店して来た。

「……まさか、あれは本当に男をたぶらかす能力に長けていたのか……？」

エリオン男爵は、以前に妻や娘が言っていた「ソフィアは人の物を欲しがる、癇癪が酷い」等の言葉の全てを信じていたわけではなかった。

だが、彼はソフィアに全ての罪を被せれば家庭の平穏が保たれると考えて、敢えて彼女らの言葉を鵜呑みにしていたところもあるのだ。

「……本当にそうだったとしたら、由々しきことだが仕方がないのかもしれない。悪いがリナには諦めて……」

呟くと同時に扉からノックが響いた。

「お父様！　わたくしです！」

「ああ、入りなさい」

「失礼いたします」

リナは入室するなり、向かいのソファに腰掛けて大きく目を見開いた。

「お父様。公爵様はどのようなご用件だったのですか？　あれとの契約はあと六ヵ月ですが、それ以降はわたくしが代わりに公爵家に嫁ぐことになるのですわよね？」

リナは上品な笑顔を浮かべている。

真実を教えてしまえば、人前で取り乱したこともない娘が傷ついて涙をこぼすかもしれない。

そう思うと心苦しいが、エリオン男爵は意を決してリナに先ほどのやり取りを全て伝えた。

「な！」

リナが大きく目を見開いて驚く様子は珍しいが、思ってもみなかった事態なのだから仕方がないだろう。

「……お父様。公爵閣下は騙（だま）されているのです。あれは男をたぶらかす能力が高いだけの魔力なしの無能です。……公爵家に相応（ふさわ）しいわけがないのです」

「それは私とて重々承知している。だが、閣下が直談判（じかだんぱん）に訪れた時点でもう詰んでいるんだ。この件はもうこれまでにしよう」

男爵は目を細めるが、リナは少し間を置いたのち口角を上げた。

「お父様。わたくし先日王宮に訪れた際、とても素敵なお友達ができましたのよ。そのお友達と近々会って来ますね」

「それはよかったな。是非会って来なさい」

「はい」

そう言って微笑んだ娘の笑顔がいつもよりも冷たく感じられて、なぜだか男爵の全身に冷や汗が滲（にじ）んだのだった。

そして、時が流れ十月の中旬。

ソフィアは、あれからグラッセ公爵家の女主人の仕事を隠れて行うことはなくなり、日中にごく自然にジークハルトの執務室で仕事を行っていた。

今日も午前中に帳簿や決済書類の整理をして過ごし、午後は料理長らとグラッセ公爵家の食卓のメニューの相談を行う予定だ。

（旦那様は当初帳簿には触れるなと仰（おっしゃ）っておられましたが、今では触れることに加えて記載をする許可も得ることができました）

流石（さすが）にジークハルトの執務机を使用することはないが、それ以外であればソフィアは執務室の備品の使用をおおよそ許可されていた。

「奥様、お茶の時間でございます」

机に向かってひたすら万年筆を走らせていると、侍女のテレサに不意に声を掛けられた。

「ありがとうございます！」

万年筆を机の上に置いて、ティーカップを手に持ち角砂糖を一つ入れてから一口お茶を飲む。

たちまち芳しい香りが広がり、長時間事務作業を行い疲弊した脳にほどよく糖分が回ってホッと一息をついた。

お茶と共に提供されたお茶受けのクッキーもいただき、再び万年筆を握ったところでテレサが口を開く。

「奥様。実は、先ほど王宮から連絡がございました」

「王宮ですか？」

「はい」

ジークハルトは、朝から貴族院議員の仕事のために王宮へと出仕している。

議会は先月から始まっており、議会が開かれる日は早朝に王宮へと発っていくジークハルトをソフィアが玄関先で見送るのが日常となっていた。

家令のトーマスは、スッと一歩前に出てテレサに続いて説明を続ける。

「奥様。実は、議会で使用する資料が追加で必要になったとのことでして、これから家人に王宮へ届けに来て欲しいと旦那様の秘書から要請を受けたのですが」

「そうでしたか」

ソフィアは綺麗な所作で立ち上がり、ジークハルトの執務机の引き出しから資料をいくつか取り出した。

「件の資料は、こちらで間違いありませんか？」

「はい、相違ありません。……奥様。こちらは重要な書類となりますので、よろしければ是非奥様にお届けをお願いしたく存じます」

ソフィアの動きがピタリと止まった。

「わ、わたくしですか？」

「はい。是非とも奥様にお届け願いたいのです」

トーマスの揺るがない瞳に、ソフィアの胸が熱くなった。

（このような重要なお仕事を、まさかわたくしに任せていただけるとは……!!）

「承知いたしました！　わたくし、これからすぐに王宮へと出立いたします！」

「ありがとうございます、奥様」

そうしてソフィアは、意気揚々とテレサと共に準備をするために自室へと戻ったのだった。

ソフィアが自室へと戻ると、トーマスは速やかにジークハルトの執務室の後片付けを行ったあと家令部屋へと戻った。

自席へ座ると、ほどなくして執事のアビーが入室した。

「エドワードさん。馬車の手配は完了しております。いつでも出発可能です」

「ご苦労」

アビーは、グラッセ公爵家に仕えて二十年ほどのベテランの執事である。

彼は、静かな口調で切り出した。

「エドワードさん。例の契約の期限まであと半年もありません」

「ああ」

トーマスは立ち上がり、アビーに背を向けて窓の外を眺めた。

「先日、旦那様はエリオン男爵家に訪問し例の件を交渉されたとのことですが、エリオン男爵がはぐらかしたために契約書の回収にまでは至らなかったとのことですね」

「ああ、そうだな」

トーマスは、振り返り強く頷いた。

「何としても王宮に奥様をお連れして、奥様の存在を貴族間に認識させなければならない。エリオン男爵が口を挟む余地がないほど、奥様がグラッセ公爵の妻であることをアピールするのだ」

「はい。公爵家の使用人によって挙式は旦那様の事業の関係で延期していると、貴族間に噂は流れておりますし、今回奥様をお連れすることは旦那様のご指示ではありませんが、この程度であればギリギリ我々が動ける範囲内でしょう」

「ああ。くれぐれも頼むぞ」

「はい、お任せください」

そう言って退室して行くアビーを見届けると、トーマスは小さく息を吐いた。

「すでに、グラッセ公爵家は奥様がおられることを前提に回っている。もし、万が一にも奥様が欠けるようなことがあれば公爵家の大きな損害になる。……これから、公爵家がかつて行っていた社交も開始できればよいのだが」

家令の立場では過分な判断だとは思ったが、それでもトーマスはかつてのようにグラッセ公爵家主催のパーティーの開催なども必要だと考えていた。

先代の夫人は頻繁に会を催していたので、その点だけは彼女を評価していたのだ。

尤も、招待状の準備や礼状の手配などは毎回随分とトーマスが助力をしたのだが。

「奥様であれば、上手くご手配なさってくださるのだろうな」

そう呟くと、トーマスの脳裏に何かが引っ掛かったような気がした。

「奥様の姉君が出入りをしている魔法使いの管理棟は、議会がある王宮と同じ敷地内とはいえ随分離れているはずだ。そもそも、姉君は月に三度ほどしか出仕しないと調査してあり、今日はその日ではない」

自身を落ち着かせるように呟くと安堵感が広がるが、トーマスは何か予感するものがあるのだった。

それから、ソフィアは公爵家の馬車に乗り込み、三十分ほど乗車したのち王宮へと到着した。

ソフィアは、初めて王宮へ訪れたので緊張から背筋が凍りつく思いを抱きながらも、何とか議会の受付の女性職員にジークハルトの元へと案内してもらった。

そして、王宮内の貴族院議員の控え室。

ソフィアが入室すると、ジークハルトは椅子から立ち上がりすぐさまソフィアを迎え入れた。

「君が来てくれたのだな。忙しいところ申し訳なかった」

「い、いえ！　お役に立てたようでしたら、とても嬉しく思います」

そう返答しつつ、ジークハルトが着ている銀糸のフロックコートが王宮の豪華な内装と相まって普段の彼とは違って見えて、ソフィアの鼓動が瞬く間に高鳴った。

「それでは、わたくしはこれで失礼いたします」

「もう、帰るのか？　いや、そうだな。君はあくまで用事を果たしに来たのだったな」

ジークハルトはボソリと呟くと、真っ直ぐにソフィアに視線を合わせた。

ソフィアの鼓動がより高鳴る。

「今日は感謝する。気をつけて帰宅するように」

「はい、旦那様。ありがとうございます」

今にも羽が背中について飛んで行けそうなほど、ソフィアの心は舞い上がった。

（感謝する……。だ、旦那様から感謝すると仰っていただきました……!!）

普段のように声を張り上げたくなったが、今滞在している場所が王宮であることを思い出すと控えめに返事をした。

そして、カーテシーをしてから名残惜しく思いながらもテレサとアビーと共に退室した。

すると、しばらく廊下を歩いたのちテレサが切り出す。

「奥様。もしよろしければ、あちらのカフェでお茶を飲んで行かれませんか？」

「お茶……」

ソフィアは瞠目した。

（カフェに立ち寄る……。アカデミー時代の三大憧れの一つの、あのカフェに立ち寄る……！）

「とてもよいですね！　ぜ、是非行きましょう！」

「はい、それではこちらへ」

テレサは柔らかに微笑むと、隣に立つアビーと小さく頷き合う。

そして、ソフィアは建物を出てから突き当たりを曲がった場所にある王宮の敷地内のカフェに立ち寄ることにした。

店内の内装は非常に豪華であり、流れている空気も心なしか洗練されているように感じる。

「いらっしゃいませ、グラッセ夫人。こちらへどうぞ」

給仕の言葉により、周囲の客が一斉にソフィアらの方に注目した。

彼女に案内され窓際に着席すると、ソフィアは再び瞠目する。

「給仕係の方は、わたくしのことをすでにご存じのようですが、それはなぜなのでしょうか」

疑問を呟くと、傍に立ったまま控えるテレサが答えた。

「奥様。それは、通達がなされているからです」

「通達ですか？」

「はい。有力貴族の方々の絵姿が事前に王宮内の施設に配付されておりますので、スタッフは皆存じているかと」

「！　そうでしたか！」

そのようなシステムがあること自体に驚いたが、確かにここは王宮内であるのでそういった仕組みは必要なのかもしれない。

そう思いながら、ソフィアはローズ柄の上品なティーカップに口をつけた。

茶葉の芳しい香りが広がって、慣れない場所にいることによって緊張で固まった身体をほぐしてくれるように感じた。

そして、テレサの言葉通りお茶が終わったタイミングで、ソフィアはカフェに客として訪れている貴婦人方から声を掛けられた。

「まあ、あのグラッセ公爵閣下の奥様でいらっしゃるのですね。今度、我が家のお茶会にお誘いをさせていただいてもよろしいでしょうか」

「本来は、下位貴族のわたくしがこのように声を掛けることは許されないのですが、このカフェではあくまでも交流を重視しておりますので許されているのですよ」

ソフィアは、ともかく固まった。

(こ、このような貴婦人の代表のような方々に囲まれる日が来るとは……!! か、感無量ですが、どのように対応をすればよろしいのでしょうか……)

全く初めての体験なので思考が鈍るが、チラリと視界に入ったテレサは非常に穏やかな表情をしている。

その表情を見ていると不思議と気分が落ち着いてくるように感じ、ソフィアは小さく深呼吸をしてから立ち上がり口を開いた。

「皆様、初めまして。わたくしは、ソフィア・グラッセと申します。以後お見知りおきを」

挨拶を終えると、体幹がブレないようにつま先から手先まで意識をして、スカートをつまみカーテシーをした。

内心緊張でどうにかなりそうだったが、周囲に悟られないように何とかゆっくりと身体を起こした。

「奥様、丁寧なご対応をありがとうございます……！」

「なんと、美しい方なのでしょうか」

「奥様。是非、我が家の夜会に閣下と共にお越しください」

次々と貴婦人方から話しかけられたので、ソフィアは目が回りそうになるがなんとか気を取り直してそれぞれ一人ずつに対応をした。

それからしばらく対話をしたのち、皆は微笑みながら「それでは失礼いたします」と言ってから退店したのだった。

周囲が静かになると、ソフィアはホッと小さく息を吐き出す。

「お茶がすっかり冷めてしまいましたね。すぐに替えの紅茶を注文いたします」

「テレサさん、ありがとうございます」

テレサが、スッと右手をあげて給仕を呼び出すのとほぼ同時に、カツン、カツン、とヒールの音が周囲に響いた。

無意識にソフィアは視線をそちらに向ける。

すると、――そこには、美しいハニーブロンドの女性が優雅な笑顔を浮かべて立っていた。

「ご機嫌よう、グラッセ公爵夫人」

濃いヘーゼル色の瞳で真っ直ぐに視線を向けられると、なぜか身体に電気が走ったように身動きが取れなくなる。

「ご機嫌よう。わたくしはソフィア・グラッセです。あなたのお名前をお訊きしてもよろしいでしょうか？」

ソフィアの言葉を受けてなのか、ハニーブロンドの令嬢はふんわりとスカートをつまんでカーテシーをした。

「初めまして。わたくしはフォーレ伯爵家の長女アイリス・フォーレと申します。……かつての、グラッセ公爵閣下の婚約者です」

アイリスは、無邪気に笑いかけた。

「……元婚約者の方……ですか……？」

ソフィアの思考は途端に鈍り、言葉を、事態を飲み込むことが中々できそうになかった。

「はい。ただ……」

アイリスは、スッと身を屈めてソフィアにだけ聞き得るように耳打ちをする。

「あなたの契約結婚の期間が終わったら、直ぐにわたくしが閣下と結婚いたしますのよ」

ソフィアは何を言われたのかしばらく理解することができなかった。

（旦那様の……元……婚約者の方……。わたくしが……去った……あと……結婚……？）

「奥様、お屋敷に戻りましょう。フォーレ伯爵令嬢、ご無沙汰をしております。馬車を外に待たせておりますので、わたくしたちはこれにて失礼いたします」

「あら。あなた、まだグラッセ公爵家にいたの？　ああ、そこのお飾り妻がお屋敷を去ったあとに閣下の後妻枠を狙っているのね。まあ、相変わらず卑しい」

「……失礼いたします。さあ、奥様参りましょう」

テレサが素早くソフィアの手を取ったが、彼女は脱力して全く歩き出すことができずにいた。

「奥様。参りましょう」

不意に男性の声——執事のアビーの声が耳に届いたので、ソフィアはハッと我に返り、アイリスに対してお辞儀をしてからテレサに手を引かれ、カフェの近くに駐車している公爵家の馬車に乗り込んだ。

間もなく馬車が動き出し、ガタンと車内が揺れる振動で改めて我に返る。

（あのような……素敵な方が……旦那様の元婚約者……）

胸が締め付けられた。

（わたくしは……、何かの事情で婚約を解消したあの方が、改めて旦那様と婚約を結ぶまでの繋(つな)ぎのお飾り妻として呼ばれたのですね……）

そう思うと、ストンと腑(ふ)に落ちて様々なことに納得がいった。

だが、同時に胸がズキリと痛む。

『俺は、君との期間限定である結婚の契約を破棄したいと考えている。本来の契約期間の終了後も、君には俺の妻としてそばにいてほしいんだ』

（なぜ、あのようなことを旦那様はわたくしに対して仰ったのでしょうか……？）

そう思うと胸にモヤモヤしたものが溢（あふ）れてくるように感じ、ソフィアはギュッと手のひらを握って胸に当てた。

（……旦那様と、お話しするべき……ですね）

だが、自分は冷静に話すことができるのだろうかと、ソフィアは窓の外の夕焼け空を眺めながらぼんやりと思った。

それから数時間後。

議会が終了したのち、ジークハルトは秘書と共に控え室へと戻っていた。

入室するなり、秘書が彼に耳打ちをする。

「フォーレ伯爵令嬢が？」

「はい。先ほど、付き添いのアビーさんから連絡がございまして、なんでも奥様に対してフォーレ伯爵令嬢が挑発をなさったとのことでした」

ジークハルトは、小さく息を吐いた。

「……そうか。ご苦労だった」

ジークハルトは思案し秘書にあることを指示すると、控え室から出て王宮の敷地内の「白梅宮」

へと秘書と共に移動した。

ちなみに、議会のある棟から王宮魔法使いが勤める「白梅宮」までは徒歩で十分ほどの距離である。

到着すると、前もって先触れを出すように秘書に指示を出しておいたので、目当ての人物との面会の段取りがすでに整っていた。

係の者に通され秘書と共に上級の客人を迎えるための応接間で待っていると、件の人物が入室してきた。

「まあ、ジーク！　お会いしたかったですわ！」

すぐさま駆け寄って来たハニーブロンドの小柄な令嬢に、ジークハルトは心底背筋が凍りつき嫌悪感を覚えた。

秘書が同席していなければ、おそらく彼女と関わりを持ちたくないので即刻立ち去っていただろう。

だが、今は彼女と話をしなければならない。

「久しいな、フォーレ伯爵令嬢。君は、行儀見習いとして『白梅宮』に出仕しているのだったな」

「はい。王宮魔法使い長様が、是非にとわたくしを抜擢（ばってき）してくださったのですわ」

「そうか。……であれば、君は当然王宮の作法は完璧に身につけているのだな？」

「はい、当然でございますわ」

ジークハルトは、射貫（いぬ）くように眼光鋭くアイリスを睨（にら）んだ。

「そうか。ならば、なぜ君は私よりも先に言葉を発した」

　瞬間、アイリスの顔は青ざめ、身は固まった。

「そ、それは……」

　ワナワナと唇を震わせるアイリスに対して、ジークハルトは容赦なく続ける。

「ことに、貴族社会は縦社会であり、格上の者に格下が先に話しかけることは許されない」

　普段のジークハルトならば、このようなことまでは言わないのだが、彼は今腸が煮えくり返っているのだ。

　彼女に対して、容赦なく接するつもりであった。

「そんなことも理解していない者に、私の妻が謂われのない誹謗中傷を受けたと聞いた。どういうことか説明してもらおう」

　全くの無表情に圧を感じたからか、アイリスは震え上がっており、言葉を紡ぐことができないでいた。

　その様子に、ジークハルトは更に眼光を鋭くする。

「君は、自分が過去にしでかしたことを忘れたのか？　二度と私と妻に近づくな」

　そう言い捨てると、ジークハルトはくるりとアイリスに背を向けて歩き出した。

「待って！　わたくし知っているのよ。あなたとあなたの言う『妻』との本当の関係を」

　ジークハルトは立ち止まり、チラリと振り返った。

「だから何だと言うのだ」

「暴露するわよ！　あなたたちが契約結婚だということを国王陛下に伝えるわ！」

ジークハルトは、なぜよりにもよって彼女が自分の元婚約者だったのだろうかと思った。

（自分自身の目的のためならば、貴族の矜持すら蔑ろにする者だったとは。昔の自分が見破ることができていたのなら、婚約自体結ぶことはなかっただろう）

ジークハルトは、苦虫を噛み潰したような顔をしたのち無表情に戻った。

「構わない。ただし、君にその覚悟があるのであればな」

「……待って、行かないで、ごめんなさいジーク！　誤解なのよ」

アイリスの言葉を気にせず、今度こそジークハルトは退室し扉を閉めた。

共に退室した秘書に後処理の指示を出すとすぐに帰路に就くべく、ジークハルトは馬車乗り場へと向かったのだった。

◇◇

あれから、ソフィアはどこかぼんやりとして過ごしていた。

王宮から帰宅すると、以前購入した紫色のデイドレスに着替えを済ませ、通常通り帰宅するはずのジークハルトを自室で読書をしながら待っているのだが、どうも読書に身が入らない。

「このままではいけませんね……。そ、そうです！　ともかく今は読書に集中しなければ！」

呟き読書を再開しようと意気込むと、そもそも本が逆さまになっていたことに気がついた。

「な、なんと……。わたくしは、とても動揺しているのですね……」

　ソフィアは先ほどカフェで出会ったハニーブロンドの令嬢アイリスに対して、まさに貴族令嬢の鑑（かがみ）といった印象を抱いた。

「何と言うか、その、わたくしとは違って友人も多そうですし、社交も上手そうでした……」

　ただ、自分に向けられた敵意のような感情は、正直なところおぞましく底が知れないとも思った。

「おそらくフォーレ伯爵令嬢が、わたくしが去ったあとに正式な公爵夫人となられるのですね。……引き継ぎなどもしなければなりませんが、フォーレ伯爵令嬢はわたくしの話を聞いてくれるのでしょうか……」

　呟くと心中に不安が広がった。

　それに加えて、あることも気に掛かる。

「なぜ、フォーレ伯爵令嬢はわたくしがお飾り妻であることをご存知だったのでしょうか……。いえ、そもそも、きっと初めから全てをご存知だったのかもしれません」

　そう思うと、胸の中に不安感と黒い感情が立ち込めてくるように感じたが、それらから自分自身を守るためにソフィアは「割り切る」ことにした。

「そ、そうです！　初めから、わたくしはあくまで一年間限定の、それもお飾り妻としてこの公爵家に滞在させていただいている、いわば居候の身です。自分の立場をわきまえなくてはなりませんね……！」

　自分自身を納得させるために必死に呟くのだが、どうしてもこの屋敷でのこれまでの出来事が脳裏を過って、その言葉が心に浸透していかない。

『俺は、君との期間限定である結婚の契約を破棄したいと考えている。本来の契約期間の終了後も、君には俺の妻としてそばにいてほしいんだ』

再びジークハルトの言葉が過り、思わず瞼をギュッと閉じた。

コンコンコン。

モヤモヤとしていると、突然扉がノックされた。

「はっ！　た、大変です！　そろそろ旦那様がご帰宅なさる時間ですのに、出迎えの準備ができておりませんでした！　テレサさんが呼びに来てくれたのでしょうか？」

ともかく返事をしてから急いで扉を開けると、そこにはソフィアにとって思わぬ人物が立っていた。

「ソフィア、ただいま戻った」

「だ、旦那様⁉　お迎えに上がることが叶わず、申し訳ありません！」

ジークハルトは目を細めると、小さく息を吐いた。

そんな彼を見ていると心が自然と落ち着いてくるが、同時に何か形容のし難い感情も湧き上がってくる。

王宮内のカフェでの出来事を伝えるべきなのだろうが、うまく言葉にできそうにない。

「それはいいんだ。……ソフィア、話がある。夕食後に、……俺の私室に来てくれないか」

「……旦那様のお部屋に、ですか……？」

ソフィアの胸がドクンと強く波打った。

思考がうまく働かないが、ジークハルトの瞳を見ていると彼には重要な話があるのかもしれないと思った。

（おそらく、居間（パーラー）では使用人の皆さんに話を聞かれる可能性もあるので、自室にお招きいただいたのですね。それほど重要なお話ということは、やはりフォーレ伯爵令嬢のことでしょうか……）

そう巡らせると、ソフィアはギュッと手を握って背筋を伸ばして覚悟を決めた。

「承知いたしました。後ほどお伺いいたします」

「ああ、待っている」

「はい」

そうして、ソフィアはジークハルトの私室へと初めて赴くことになったのだった。

◇◇

夕食後、ソフィアはジークハルトの要請によりジークハルトの私室の前に立っていた。

緊張し過ぎたために逆に一周して冷静になり、深呼吸をしたのちジークハルトの私室の扉をノックする。

「旦那様、ソフィアです」

ちなみに、今夜ジークハルトの私室を訪ねることを侍女のテレサに伝えたところ、彼女はなぜか微笑みながら涙を流して古参の侍女のマサと共に念入りに湯浴みを行ってくれたのだった。

寝巻を身につけて室内用のガウンを羽織る姿はこれまで何度もジークハルトに見せているが、それはあくまでも居間でのことである。

彼の私室を訪れること自体が初めてなのもあって気恥ずかしさが高まったが、これから言われるであろう「アイリスとの関係」のことを思うと、それは自然と消えていった。

扉の向こうのジークハルトは室内用の白いシャツに黒のスラックスを身に着けている。

「ソフィア、呼び立てて悪かった」

「いえ、とんでもありません……！」

扉の先のジークハルトの私室からは、自分の部屋とは違う香りが漂ってきたので再び緊張感が湧き上がってきた。

（これからどのような告白が待っているのでしょうか……。想像すると緊張で声が裏返ってしまいます……！）

そう思うと、ソフィアはその場で小さく身震いをした。

彼女のその様子に気がついたのか、ジークハルトは入室するようにと促し、互いにソファに向かい合って座った。

「ソフィア、単刀直入に用件を伝える」

「は、はい……！」

普段の居間でのひと時とは違い、ジークハルトは雑談や前置きをせずに用件を伝えるようである。

「日中、君は私のかつての婚約者に遭遇したそうだが、彼女の言葉は全くの事実無根だ。私は彼女と復縁する気など全く持ち合わせていない」

あらかじめ予想していたものとは全く反した言葉に、ソフィアは瞠目した。

「そ、そうでしたか……」

だが、どういった感情を持てばよいのか、心の置き場所が分からずソフィアは視線を彷徨わせる。

てっきり、アイリスと一緒になるから引き継ぎをしっかりと頼むと言い渡されるものだと思っていたし、それに伴う今後の身の振り方をジークハルトに相談しようとも思っていたのだ。

『俺は、君との期間限定である結婚の契約を破棄したいと考えている。本来の契約期間の終了後も、君には俺の妻としてそばにいてほしいんだ』

ジークハルトの言葉が、再び過った。

(そうです……、旦那様は以前にあのように仰ってくださいました。あの言葉には初めから偽りはなかったのです。ですが……わたくしは……、わたくしには……)

ソフィアは思考を巡らせると、息を小さく吐き出してから真っ直ぐにジークハルトの瞳を見た。

彼のダークブラウンの瞳からのソフィアへの視線は熱く、彼女は自分自身の不甲斐なさから思わず視線を逸らした。

「それでしたら、フォーレ伯爵令嬢があのように仰っていたのは、何か思い違いをなされていたのでしょうか？」

「ああ、そのようだ」

「そうでございますか」

と呟くと、ソフィアは何とも居心地の悪さを感じてスッと立ち上がった。

「それでは、わたくしはこれで失礼させていただきます」

そう言って扉まで移動しドアノブに手を掛けるが、ジークハルトに背中から抱きしめられて扉を開けることができなかった。

「待って欲しい、ソフィア。俺は君を愛しているんだ。君に一切の疑念を抱いて欲しくない」

（……‼）

思わぬジークハルトの力強い温もりにソフィアのモヤモヤとした思考が一気に吹き飛んだ。

加えて「愛している」という言葉を受けて、心臓が早鐘のように打ち付ける。

「……だ、旦那様……」

「思えば、俺は君を傷つけるようなことばかりしてしまったな。心から申し訳なく思っている」

「それは……」

二人はしばらく互いの温もりを感じたあと、ソファに腰かけた。

ただ、一つのソファに隣り合って腰掛ける形であるが。

「わたくしは、旦那様に傷つけられたとは思っておりません……！　むしろ、こんなわたくしに大変よくしてくださって、感謝の念に堪えません！」

そう言い切ると胸の奥が熱くなり涙が込み上げてきたが、必死に堪えた。

そんなソフィアの様子を受けてなのか、ジークハルトは目を細める。

「君は思い違いをしている」

「……と言いますと」

「君は『こんな』ではない。君以上に素晴らしい女性はいないのだから」

（……!! もの凄い破壊力です……。それに、あ、愛して……）

実のところ、ソフィアは全面的にキャパオーバーで今にも卒倒寸前なのであった。

これまで何度かエスコートなどでジークハルトの腕に触れることはあったが、先ほどのように抱きしめられることは初めてのことであったし、今も彼との距離が近いので胸の鼓動が非常に騒がしかった。

だが、ソフィアはジークハルトに自分の想いを伝えなければならないと、騒がしい鼓動を抑えるように胸に手を当てた。

「……わたくしも、旦那様をお慕いしております。ですが、わたくしは何の価値もない人間なのです。旦那様と肩を並べて生きていく資格など、わたくしには全くないのです」

ジークハルトは、ソフィアの瞳をまっすぐに見つめた。

「そんなことはない。君はまず綺麗であるし、何事にも配慮のできる貴婦人だ。邪なところなど一つもなく、誰に対してもわけ隔てなく接する」

瞬間、ソフィアは自分自身に急激に熱が込み上げてくるのを感じた。

（!!　そ、そんなにも褒めていただけるとは……!!）

当初褒められること自体に免疫のなかったソフィアだが、グラッセ公爵家での暮らしの中で「自己肯定感」が彼女の中で確実に育まれていた。

「それに、……君は残酷な俺の言葉から決して逃げなかった。本来であれば、絶望し糾弾してもいいはずなのにだ」

ソフィアは首を静かに横に振った。

「旦那様、それは違います。……わたくしはただ単に分からないのです。自分に向けられた感情が邪なものかそうでないものなのか。今でこそ好意を向けていただくこともありますが、以前のわたくしは、ただいないものとして接されるか、たまに嫌悪を向けられるかのどちらかでしたから……」

言葉にするとこれまで心に蓋をして堪えていた感情が溢れ出し、涙が頬を伝う。

「申し訳ありません……旦那様……、すぐに拭いますので……」

瞬間、ジークハルトはソフィアを抱き寄せスッポリと自身の胸の中に包み込んだ。

「……好きなだけ泣くといい」

その言葉が引き金になったのか、ソフィアはしばらくジークハルトの胸の中で嗚咽を漏らした。

一通り泣き通すと、ポツリと呟くように言葉を紡ぐ。

「本当は怖かったのです……。フォーレ伯爵令嬢から向けられる敵意が……。ですが、わたくしには怖いと思う資格もないと……どこかで思っているのかもしれません」

「そんなことは決してない。君には全ての感情を抱く権利があるんだ」

「旦那様……。ですが、そうしてしまったら、再び無関心を貫かれて、もしわたくしが涙を流したとして誰も見向きもしてくれなかったら、そのときは心が壊れてしまいます……」

ジークハルトのソフィアを抱きしめる腕の力が強まった。

「だから君は、なるべく負の感情を表に出さないようにしていたんだな」

「はい……」

ソフィアはジークハルトに対して本音をこぼしたことに対してどこか安堵感を抱いたが、同時に不安も抱いた。

(旦那様は、こんなにも弱いわたくしを知ってどう思うのでしょうか……)

だが、ジークハルトの手つきは優しく彼女の髪を撫でて、その温もりはどこまでも安心させてくれた。

「君はこれまで本当によくやってきてくれたと思う。だが、これからはもっと自分の負の部分をさらけ出してもいいんだ」

優しく自分の背中をさする感触が心地よく、安堵し、このままジークハルトの胸の中で眠りにつきたいと思う。

だが、まだ何かソフィアの胸の奥に一抹の不安のようなものがこびりついているように感じた。

(旦那様のお言葉に甘えて、この胸の中のモヤモヤを打ち明けても変に思われないでしょうか……)

そうぼんやりと考えを巡らせると、ソフィアは意を決して口を開いた。

「実は……わたくしがまだ五歳ほどのことなのですが……」

「ああ」

ジークハルトは、変わらずソフィアの銀髪を優しく撫でている。

「あの頃もわたくしと使用人や家族はほとんど接することはなかったのですが、……ある日前触れもなく、わたくしと進んでお話を、一度もしようとしなかったお母様が……」

思い出すとこれまで封印していた「理不尽だ、納得できない」という気持ちが溢れ出てきた。

「大丈夫か？　もし、辛（つら）いようなら日を改めてもよいが」

ソフィアは、ジークハルトの胸の中で首を横に振った。

「いえ、よろしければ、……このまま続けさせてください」

「ああ、分かった」

ソフィアは、小さく息を吐き出すと話を続けた。

「ある日、お母様がわたくしに大きなクマのぬいぐるみを贈ってくださったのです」

「ぬいぐるみ？」

「はい。……頭に赤いリボンが結んであって、ふかふかで、五歳の頃のわたくしが丁度両腕で抱きしめてすっぽりと収まるくらいの大きさでした」

それまでほとんど嗜好（しこう）品など与えられたことがなかったソフィアは、そのクマのぬいぐるみをそれはもう大切に扱った。

五歳の頃は、まだ屋根裏部屋ではなく子供部屋の隣の空き部屋がソフィアの私室であったが、幼児の部屋であるにもかかわらず、玩具やお絵描きをするための道具などは一切置いていなかった。

だが、姉の部屋にはそれらは山ほど置いてあったので一度姉に少しの間だけでも貸してもらいたいと願ったのだが無視されてしまい、それは叶うことはなかった。

だから、母親に贈ってもらったぬいぐるみは心から嬉しかった。

一生大切にしたいと思ったし、実際には一人もいなかったが友だちのようだとも思っていた。

——それなのに。

「ある日、お姉様がわたくしの部屋に来て『これはわたくしのよ』と言って取り上げてしまったのです。お母様に掛け合ったのですが当然のようにいないものとして扱われてしまって……」

「……そんなことがあったのか……！」

ジークハルトが声を張り上げたので、ソフィアはビクリと身を起こした。

「……はい。ですから、わたくしは、一度手にした望みや幸せはいつか必ず消えてしまうと心のどこかで思っているのです……」

「そのようなことをされてはそう思うのは無理もないことだ。しかし、それは決して許されることではない！」

ソフィアは瞠目した。

ここまで感情を出しているジークハルトを見るのは、初めてだったのだ。

「ソフィア。君には悪いが君の実家に対して俺は容赦ない対応をせざるを得ないようだ。君との契約に関しての書類は強制的に提出するように促し、君が希望するのならば彼らには謝罪させるように命じる」

「旦那様……」

ソフィアの胸は熱くなり、たちまち視界が涙でぼやけた。

「そのように仰っていただいただけで、わたくしは満足です……。ですが、本音を言えば契約書は、破棄していただきたいです……」

そうジークハルトを見上げて精一杯微笑むと、彼はそっとソフィアの額に唇を落とした。

「それは、俺の本当の妻になる意思があるということでよいか？」

その言葉にソフィアの頬はみるみるうちに赤く染まっていく。

「……そ、それはまだその、心の準備がですね……」

ジークハルトは口元を緩ませ軽く微笑んだ。

「では、一晩俺の胸を貸すからゆっくり準備をして欲しい」

「――――!!」

ソフィアの頬は更に赤くなるが、泣き腫らした顔をジークハルトに見せたくないのと泣き疲れたのもありソフィアは再び彼の胸に顔を埋めた。

「ソフィア……」

そうして、二人の時間は優しく流れていった。

翌朝。

ジークハルトの私室のカーテンから柔らかい日差しが差し込み、その日差しを受けてソフィアはゆっくりと目を開いた。

「ん……」

ソフィアは普段どおりに身体を起こそうとするが、なぜか身体が思うように動かなかった。

ぼんやりと不思議に思っていると、そっと優しい手つきで髪を撫でられたので一気に覚醒する。

「おはよう、ソフィア」

「――――！　お、おはようございます……！」

ソフィアの目前には薄く微笑むジークハルトがおり、彼女の鼓動は瞬く間に高鳴った。

「昨夜は大分疲れていたようだが、大事はないか？」

「さ、昨夜ですか？　疲れていたとは……」

（わ、わたくし、いつの間にか眠ってしまったのでしょうか……。確か昨夜は旦那様と……）

思い出すとたちまち顔が熱くなる。

昨夜は、ジークハルトの私室で彼と会話をしていて、それで……これまで胸の奥につかえていた想いを吐き出して彼の胸の中で泣いたのだ。

（……あのまま旦那様の胸をお借りして、いつの間にか眠ってしまったようです……！）

「だ、旦那様。ひょっとして、眠ってしまったわたくしを旦那様が寝台まで運んでくださったのでしょうか？」

　重くなかっただろうか、とか、手間を取らせてしまって申し訳ない、という気持ちが湧き上がってきて目をギュッと閉じた。

「ああ。一晩胸を貸すと持ちかけたこともあるし、何より俺が君と離れがたく、寝台まで運んだんだ」

「そ、そうだったのですね！　寝台まで運んでいただきありがとうございます……！」

　そう言って微笑むソフィアの頬を、ジークハルトはそっと壊れ物にでも触れるように指で優しく触れる。

「ソフィア。俺の本当の妻になる心の準備はできそうだろうか」

　そう言って、ジークハルトはソフィアをギュッと両腕で抱きしめた。

「‼」

　頭の中が真っ白になるが、以前に二人で訪れたレストランでジークハルトから伝えられた言葉が過った。

『本来の契約期間の終了後も、君には俺の妻としてそばにいてほしいんだ』

　抱きしめられている現状と相まって、鼓動が瞬く間に高鳴っていく。

（そうです。わたくしは先日、だ、旦那様から、そ、その、プ、プロポーズを受けたのです……！）

　今更過ぎるかもしれないが、ようやくあの時の彼の言葉が自分の心に浸透していくように感じた。

　昨夜はまだ心の準備ができていないと伝えたが、そもそもプロポーズをされたあの時は、そういった言葉を受けることや心の準備が整っていないことを伝える発想自体がなかっただろう。

だが、これまでの様々な出来事を経て、ジークハルトの言うところの「準備」がソフィアの中で確実に整いつつあった。

「あ、あの、旦那様」

「何だろうか」

「その、わたくしはこういったことにはトコトン疎いですし、正直なところ臆病者なので積極的にもなれません。……ですが、昨晩お話ししたとおり、わたくしもこの契約は破棄していただきたいと考えておりますし、何よりもずっと旦那様のお傍にいたいのです。たとえ妻でなくても、あなたのお役に立てるのならどんな形でもよいのです」

ずっと心にしまっていた本音を漏らすと、ソフィアは一筋の涙を溢(こぼ)した。

「ソフィア……」

ジークハルトは、更にギュッとソフィアを強く両腕で抱きしめた。

「ありがとう、ソフィア。もちろん、俺は君には妻以外の立場で傍にいてもらう気はない」

「旦那様……」

ソフィアは感涙し、それから二人はしばらく抱きしめ合っていたのだった。

その日。

二人は、普段のように食堂で共に朝食を摂(と)っていた。

ただ、この後ジークハルトは議会に出席するべく王宮へと向かわなければならないので、時間に制限はあるのだが。

テーブルに並べられた卵のサンドウィッチと新鮮トマトとリーフのサラダ、野菜スープを二人で摂っていると、ソフィアは何となく気恥ずかしさからジークハルトの顔を見られないでいた。

（わ、わたくしは、先ほどまで、だ、旦那様の胸の中に……）

自覚するとたちまち顔が熱くなり、居ても立ってもいられなくなる。

だからか、スープを掬(すく)おうとスプーンを握ったのだが誤ってそれを床に落としてしまった。

すると、すぐに側で控えていた侍女のテレサが新しいスプーンをソフィアに手渡してくれた。

本来であればそれは同じく側に控えている給仕の仕事であるのだが、なぜか今日は率先してテレサが拾ってくれたのだった。

「奥様、どうぞこちらをお使いくださいませ」

「ありがとうございます」

スプーンを受け取る際にテレサの顔を見ると、彼女の表情はとても生き生きとしていて笑顔がいつになく弾(はじ)けて見えた。

「何かよいことがあったのですか？」

思わずそう訊くと、テレサはより笑顔を輝かせた。

「はい、それはもう。……これからもずっとお仕えいたしますので、改めてよろしくお願いいたします、奥様」

「は、はい！　こちらこそ、よろしくお願いいたします」

そして食後のお茶の工程に差し掛かると、ジークハルトはコホンと一つ咳払(せきばら)いをして人払いをした。

「ソフィア。俺は、改めて今週末にエリオン男爵家のタウンハウスを訪ねて、君との契約結婚の書類を破棄するつもりだ」

「そうでございますか。……旦那様。わたくしも一緒に参ります」

「……よいのか？　君のご両親と会うことになるのだが」

「はい、構いません。わたくしは家族から目を逸らしてはいけないと思うのです」

「……そうか。ならば共に行こう。君は必ず俺が守る」

「ありがとうございます」

そして、二人は優しく微笑みあった。

だが、ソフィアの家族との対面はこの先、二人が思ってもみなかった形で果たされるのであった。

その日の夜。

ジークハルトが普段よりも早く帰宅することができたので、二人は食後に居間で過ごしていた。

普段であれば、別々のソファに腰掛けるのだが、今夜は昨晩のことを意識してなのか二人は並んで一つのソファに腰掛けている。

「夜会への招待ですか？」

「ああ。国王陛下から謁見の要請があったので赴いたところ、陛下から直々に招待されたんだ」

そう言って手渡されたのは、王家の紋章が押された封蠟で閉じられていた封筒だった。

「俺と君の二人が招待された」

「！　わたくしもですか⁉」

ソフィアは思わず立ち上がったが、その際ソファの上のクッションを落としてしまい慌てて拾い上げると、改めて深く深呼吸をした。

「つ、遂にこの時が来たのですね……‼　わたくし、もしもの時のために、これまでイメージトレーニングと特訓は欠かさず毎日行って参りました！」

手をギュッと握りしめて意気込むソフィアに、ジークハルトは口元を緩める。

「君は何に対しても全力で挑むんだな。そういう君がたまらなく愛しい」

「‼」

ごく自然に褒められた上に愛の言葉も囁かれたので、ソフィアの意識は途端に遠のいていった。

「ソフィア？」

「……は、はい！」

「君に少しずつ慣れてもらわないとな。……今晩一緒に、いや、それはやめておこう。きっと俺は歯止めが利かなくなるだろうからな。きちんとケジメをつけてから君と夜を共に過ごしたい」

「!!」

ソフィアは、胸が高鳴り過ぎて再び気が遠くなりかけるが、まだ用件が済んではいないので、すんでのところで堪えた。

「旦那様。今回の王宮で開催される夜会は、どのような趣旨のものなのでしょうか？」

ジークハルトは、目を細めてから小さく頷く。

「ああ。……実は、国王陛下が例の魔法式の件で君に褒章を与えたいと仰っていてな」

「わ、わたくしに褒章ですか⁉」

「ああ。ただ、あくまでも表向きは通常の社交目的の夜会であり、君への褒章は公にはされていないようだが」

「そ、そうでしたか……⁉　で、ですがわたくしにはとっても過分で身に余る光栄です……‼じ、辞退をさせていただくことはできませんでしょうか……！」

ジークハルトはそっと腕を伸ばして、ソフィアの銀髪に触れた。

「できなくはないが、……それは君のためにもあまりよい判断ではないかもしれない」

「……と言いますと」

「国王陛下は、表向きには君に褒章を与えるから招待すると仰っているが、おそらく真の目的は君と面会をすることだからだ」

「！　そうでしたか……！」

ジークハルトは次いでソフィアの頬を撫で、彼女はビクリと身体を跳ねさせるが今度は気が遠くなることはなかった。

ジークハルトの温もりに対してもう警戒は抱かず、反対にソフィアはそれに馴染んだのか心地よく感じていた。

「……それに、前もって動いたので陛下が誤解を抱く危険性は回避されたと言えるしな」

「危険性、ですか？」

「ああ」

ジークハルトは、まっすぐにソフィアの瞳を見つめる。

「これから君に、俺がエリオン男爵から持ちかけられた契約内容となぜそれを受けることになったのか、当時の俺が抱えていた事情を聞いて欲しいのだが、いいだろうが」

ソフィアは、胸が締め付けられる思いだった。

というのも、ジークハルトから直接契約結婚に関しての話を聞くのは初めてであり、彼の胸の奥にある哀しみのようなものに触れた気がしたからだ。

「……はい。是非、お聞かせくださいませ、旦那様」

「ああ」

そして、ジークハルトはソフィアにこれまでの事情や自身の幼い頃の境遇などを打ち明けた。

その全ての言葉をソフィアは真摯に聞き、時折相槌を打って涙を流した。

そうして、夜は静かに更けていったのだった。

そして半月後。王宮での夜会当日。

あれから、ジークハルトはエリオン男爵に面会の希望を書簡で送ったのだが、今夜の夜会に参加をするのでその際に話をするとの返答のみで面会は叶わなかった。

ただ、夜会で話すと回答があった以上、エリオン男爵邸を無理に訪問するわけにもいかず、ジークハルトは話し合いの場を設けるために、夜会が開催されている間使用できる王宮内の応接室を借りているのである。

「旦那様、お待たせをいたしました」

ソフィアは、王宮の夜会のドレスコードである藍色のドレスに身を包んでおり、その胸元やスカートには煌(きら)めく宝石がいくつもちりばめられていた。

このドレスは、以前に仕立屋で注文した夜会用のドレスである。

王宮のドレスコードは以前から藍色だと決まっているので、夜会用のドレスはその色で仕立てたのだ。

また、ジークハルトは夜会用のテールコートを身につけており、漆黒の髪を全体的に後ろに流している。

（ふわあ！　旦那様の夜会用のお姿、と、とても素敵です……！）

思わず見惚(みほ)れていると、スッとジークハルトから腕が差し出された。

「……言うまでもなく普段の君も綺麗だが、今夜は神々しいものを感じるほど綺麗だ。……他の男に見せたくないと思うほどに」

そう耳元で囁かれ、夜会に行く前から気を失いかけたが、自身の手のひらにジークハルトの温もりを感じたので何とか気力を取り戻した。

「さあ、行こうか」

「……はい！」

それから、二人は公爵家の馬車に乗り込み王宮へと向かったのだった。

◇◇

夜会の会場は王宮の敷地内に建立された本宮の大広間であり、到着後、係の者に控え室へと通され、定刻になるとソフィアはジークハルトのエスコートで会場内に入室した。

「グラッセ公爵夫妻の入場でございます！」

高々と宣言されると、会場内の視線が一気に二人に集中する。

途端にソフィアの鼓動は大きく跳ねるが、ジークハルトが穏やかな笑みを自分に向けてくれたので、観衆に呑(の)み込(こ)まれずに済んだ。

それから、他の貴族らも次々と入場を終えて開会の時間となった。

「今宵はよく集まってくれた。皆の者、乾杯！」

「「乾杯！」」

国王の合図により一同が一斉に祝杯をあおぐと、会場内に美しい弦楽器の音色が響き始める。

ソフィアはジークハルトと共に、彼と交流のある貴人らと挨拶を交わしていく。

「皆息災だったか」

「はい。グラッセ公爵閣下。今年は天災も少なく、領地も安定しておりますので気兼ねなく王都に赴くことが叶いました」

「閣下、ご結婚おめでとうございます」

「ああ、礼を言う」

ジークハルトが会釈をすると、ソフィアはそれが合図だと理解し高鳴る鼓動を抑えながら優雅にカーテシーをした。

「お初にお目に掛かります。わたくしはソフィア・グラッセです。以後お見知りおきを」

身体を起こして笑顔を向けると、会場内の視線が一斉にソフィアに集中した。

「グラッセ公爵夫人。お会いすることが叶いまして光栄でございます」

「とてもお美しい方でございますね。先日、カフェで夫人とお会いしたと言っていた妻の話どおりです」

次々に会話を投げかけられるので、ソフィアは咄嗟に手元の扇子を広げて口元を覆った。

（や、やはりイメージトレーニングどおり、皆様わたくしにも社交辞令で話し掛けてくださいますね。正直なところ非常に緊張いたしますが、ここはお飾り妻として、……ではなく、旦那様の妻としてお役目を果たさなければ……！）

そう思うとソフィアはそっと扇子を折りたたみ、穏やかな笑みを浮かべた。

「ジラール伯爵の奥様におかれましては、以前にお会いした際に非常に丁寧なご挨拶と心温まるお言葉を賜りまして感激をしております」

「奥様。私の名をご存じなのですね。感無量でございます」

ソフィアはパチクリと目を瞬かせたのち、伯爵の疑問に思い当たる。

「いえ、閣下の妻として当然のことでございます」

ソフィアは今日の夜会に出席するにあたって、出席者各人の絵姿と出席者名簿を徹底的に読み込み覚えてきたのだ。

「やはり、閣下の奥様は公爵夫人に相応しい方でございますね。結婚式は来年の春に挙げられるとお聞きいたしましたが、どちらで執り行われる予定なのでしょうか」

瞬間、ソフィアは固まった。

（わ、わたくしたちは結婚式を挙げる予定でしたでしょうか……⁉）

まさか自分だけが知らずに話が進行しているのだろうかと、グルグル思考を巡らせた。

「ああ。場所に関しては、我が家が代々挙式している教会で行うことになっている。時期も予定ではその頃を考えているが、場合によっては早めることもある」

「ああ、慶事でございますからね。いずれにしても大変おめでたいことです」

自分の知らないところでどんどん話が進んでいくが、ソフィアはこれは世間に対してのカムフラージュのためにあえて広めた噂だったのではと結論付けた。

(そもそも、結婚式の予定がないのは貴族の世間体的に好ましくないですから、きっとこのような対処をなされたのですね)

そう思うと納得し、ジークハルトの方に視線を向けると彼はそっと微笑む。

(だ、旦那様……‼)

ジークハルトの笑顔にドキリとしていると、ふと背中に鋭く刺すような視線を感じた。

振り返るとそこにはソフィアの両親と姉、弟が立っていた。

彼らは何かを言いたげにこちらを見ていたが、すぐに後ろを向き別の者たちとの会話を始めた。

「ソフィア」

ソフィアの様子に気がついたのか、ジークハルトは心配そうに彼女を覗(のぞ)き込(こ)んでいる。

「……彼らには後ほど招集をかけておいた。その際に話し合う予定であるが、君は別室で待機をしていた方がよいかもしれないな」

ジークハルトもソフィアの両親らの視線の鋭さに気がついたのだろう。

元々はソフィアも同席する手筈(てはず)だったが、ジークハルトは今夜のエリオン男爵らの状態を見て変更の提案をしたと思われる。

「旦那様、わたくしは大丈夫です」

「いや。……分かった。だが危ういと判断した場合は君には退室してもらうがよいだろうか？」

「はい。旦那様、お気遣いをいただきましてありがとうございます」

そう言ってソフィアがカーテシーをすると、ジークハルトは小さく頷くのだった。

ジークハルトが頷いたのとほぼ同じタイミングで、会場内にラッパの音が鳴り響いた。

ソフィアは、前もってそれが「国王からの褒章授与のタイミング」であるとジークハルトから伝えられていたので、背筋を伸ばし国王と王妃が座する玉座の方へと視線を向けた。

「ソフィア・グラッセ公爵夫人、国王陛下、並びに妃殿下の前へ」

「はい」

ソフィアは、早鐘のように打ち付ける鼓動を静める手段はないかと思い巡らせながらジークハルトと頷き合ったあと、ゆっくり一歩一歩確実に歩を進めた。

そして、国王らと適度な距離を置いて跪（ひざまず）き、決して許可が出るまで頭を上げないように神経を集中させる。

「面（おもて）をあげよ」

「はい」

静かに息を吐きながら身体を起こすと、そこには白髪に白い髭（ひげ）を蓄えた初老の国王と、美しいブロンドが印象的な王妃が座していた。

「こたび、そなたは我が国にとって重要な功績を残してくれた。よってそなたに褒章を授与する」

ソフィアの功績は、彼女が『魔法式の誤りに気がつき国民の安全を守った』というものである。

というのも、マジック・ファースト商会が数ヵ月前に国内で発売した一部の魔法道具を「属性変換」が起こった人が使用したところ、体調不良を起こし酷い場合だとそのまま寝込む人もいたらしい。

それは魔法道具に組み込まれた魔法式に誤りがあったからであり、その原因究明と件の魔法式との因果関係の解明についてもソフィアの力によるところが大きいと認められたのだ。

また、ソフィアが訂正した魔法式によりそれらの問題のほとんどを解決することが叶ったので、今回の褒章授与に繋がったとのことである。

「身に余る光栄でございます。謹んでお受けいたします」

ソフィアがそう受け答えると、間をおいて国王が立ち上がり静かな動作でソフィアの首に褒章のメダルをかけた。

瞬間、会場内に割れんばかりの拍手が鳴り響く。

ソフィアは、身体が緊張で痺れていくのを感じながら国王からの指示を待った。

というのも、彼の許可がなければ動くことは許されないからだ。

それから、国王が右手を挙げて頭を上げるように促すと、ソフィアは静かに身体を起こしていく。

だが、起こしきる間際に不意に予想外の人物が目前に現れた。

「陛下！　娘はグラッセ公爵に騙されているのです！」

それは、父親のエリオン男爵であった。

彼は、何かの書類を周囲に見せつけるように掲げている。

（お父……様？）

「騙されているとは、どういうことだ」

「はい、陛下。グラッセ公爵は授爵が許可されないことを理由に、我が愛娘と一年間の結婚契約を結んだのです。契約が終了すれば娘を我が家に返さず領地の農村に追放するとまで言っておりました！」

衆目の前で、何ということを言うのだろうか。

そう思うのだが、ソフィアは恐怖から身体を全く動かすことができないでいた。

（なぜお父様はこのようなことを……。そうです、旦那様は大丈夫でしょうか！）

咄嗟にジークハルトの方に視線を移すと、彼には動じた様子はなく真っ直ぐにエリオン男爵に視線を向けていた。

「確かに、私はエリオン男爵の御息女を娶るにあたって契約を交わし支度金も男爵に支払っている。だが、それは至極当然の段取りであり不審な点はない。何よりも妻を農村に追放することなど絶対にない」

そう言ってジークハルトはソフィアの側まで近づくと、彼女を守るように庇って立った。

「私はソフィアを愛している。彼女と契約的な結婚をするなど断固としてあり得ない！」

普段、ジークハルトのこのような激情にかられた一面は見たことがなかったので、ソフィアは身体中に電気が走ったような衝撃を受けた。

「旦那様……」

何よりも、愛しているという言葉が心の底から嬉しかった。

以前にもジークハルトからその言葉を伝えられてはいたが、再び深く心に染み渡っていった。

おそらくこのような場面でなければ、この場で膝を突いて感動の涙を流していただろう。

「何をほざく！　それに証拠ならここにあるのだ！」

「その証拠とやらを見せてもらってもよいか」

これまで静観していた国王がそう言って、玉座から立ち上がり男爵の手の書類を強制的に受け取ると、一通り目を通したのち自身の懐にしまった。

「特に問題のない、婚姻に関する書類であった。これは後ほどグラッセ公爵に渡しておこう」

「なっ、陛下！」

エリオン男爵は憔悴（しょうすい）し、今度はソフィアを睨みつけた。

「大体、魔力なしのお前がどうしてその場所にいるのだ！　その場所は、リナにこそ相応しいというのに！」

ソフィアは、自分の中で何かがプツンと切れるのを感じた。

「……魔力がないことは関係ありません！　大事なのは、今の自分に何ができるのかを考えて、それを行動に移すことだと思います」

ソフィアは息を小さく吐くと、ジークハルトの方に一歩踏み出した。

「それに、わたくしも深く旦那様を愛しております」

瞬間、ジークハルトは振り返り愛おしそうに目を細めた。

「ソフィア」

ソフィアは深く頷き、満面の笑みを溢した。

「……なんてことだ」

エリオン男爵が膝を突くと、国王が手を挙げて側近に指示を出した。

「エリオン男爵には、後ほどこの騒ぎにあたっての責任をとってもらう」

それから間もなく、エリオン男爵は国王の警備を担当している騎士らに連れられて退席した。

「グラッセ公爵夫人。自分にできることを精一杯することが大切であるとの言葉、余の心にしかと刻み付けた。……これからも夫婦円満にな」

国王のその言葉がソフィアの心に深く染み渡り、目の奥がツンと熱くなった。

「もったいないお言葉にございます」

「ありがとうございます、陛下」

そうして、ソフィアはジークハルトの手を取り二人は会場を後にしたのだった。

それから、ソフィアとジークハルトは王宮のバルコニーへと移動していた。
というのも、二人の気持ちの整理がつかなかったため、あのあとすぐに馬車に向かう気にはなれなかったからだ。

二人は手すり際に立ち、王宮の美しい中庭を見下ろした。

夜風が肌を気持ちよく撫でて、先ほどまでの喧騒（けんそう）がまるで夢のように感じられる。

ジークハルトは、自身のテールコートをソフィアに羽織らせて、そっと肩を抱き寄せた。

「俺は、君と契約結婚をした事実が君の落ち度になることを恐れてどうしても公にはしたくなかった。だが、それは俺の身勝手な理由だな」

さらに、エリオン男爵に関しては王宮内に根回しをして常に警戒していたが、彼は最後の手に出たようだとも付け加えた。

ソフィアは瞠目する。

「そんなことはありません！　旦那様はわたくしを守ってくださったのです。わたくしはそんな旦那様を心からお慕いしておりますし、愛しております」

「ソフィア……」

ジークハルトは力強くソフィアを抱き締め、そしてその後二人は口付けを交わした。

それは、美しい夜空に優しく溶けていくようだった。

そして五年後。
グラッセ公爵家の客間を、ある客人が訪れていた。

「……お久しぶりですね、シリル。大きくなりましたね」

そう言って、ソフィアは夫のジークハルトと共に柔らかい笑顔を客人に対して向けた。

「グラッセ公爵閣下、この度は寛大なご配慮をいただきまして誠にありがとうございます」

客人は、ソフィアよりも二歳年下の弟のシリルである。

あれから、エリオン男爵家は属性変換を考慮して魔法式を作成することができなかったミスの責任のほとんどを負うことになり、多額の負債を抱えることになってしまった。

加えて、男爵家はマジック・ファースト商会の顧問を解任され、姉のリナも王宮魔法使いの補助の職を解かれてしまったのであった。

その後、家のためにとエリオン男爵がリナに対して初老伯爵の後妻の縁談を引き受け、二年前に彼女は不本意ながら嫁いでいったそうだ。

だが、多額の負債は領地から入る税収入ではとても賄いきれず、男爵は金策に追われることになってしまい、繋がりのある貴族らに頭を下げて回ったらしい。

それでもとてもエリオン男爵家を維持することはできず、一時は爵位を手放し没落する可能性もあったとのことである。

だが、ソフィアはその様子を見かねてジークハルトに対してエリオン男爵家に仕事を回すように
と進言したのだ。

「礼なら妻に伝えることだ。私は、妻が見過ごすことができないと言うので助力をしたに過ぎない」

ソフィアの表情がスッと真剣なものに変わった。

「……わたくしは、正直なところ、お父様やお母様、お姉様、それからあなたのことも許したわけではありません」

ソフィアは、ハッキリと「許したわけではない」と言った。

というのも、彼女が受けたこれまでの家族からの仕打ちは非道なもので、決して人に対して行ってはならないことであり、謝罪がなければ許してはならないことだと認識できるようになったからである。

「……そうですよね」

「よく考えると、わたくしの両親は毒親過ぎますし、お姉様も毒姉過ぎます。そして、あくまでわたくしはシリルにも責任がなかったとは考えておりません」

シリルは固まり、緊張しているのか瞬きを複数回した。

「……わたくしは、ただ自分の話を聞いて欲しいのです。シリルは、少なくともわたくしの話を聞いてくれるかと思い呼んだのですよ」

「話を？」

「はい。わたくしは、まず実家では誰もお話をしてくれませんでしたので、この世界に自分自身を受け入れてくださる人はいないのだと思っておりました」

ソフィアは、そっとジークハルトに視線を向けた。

「ですが、わたくしのことを旦那様は受け入れてくださいました。一度は、手にした幸せを失うことは怖いと思いその手を離すことも考えましたが……」

ソフィアは、そっと隣に座るジークハルトの手に触れた。

「ですから、シリルは誰かに欠点があるからといって、決して誰かを見下したり存在しないものとして接しないようにして欲しいのです。……以上です」

ソフィアが言い終わると、シリルは立ち上がり一礼をしてから退室した。

彼をその場で見送ったあと、ソフィアは小さく息を吐く。

「旦那様、ご配慮をいただきましてありがとうございます」

「いや、いいんだ。……君は、優しい女性だ。実家を見捨てることなどできなかったのだろう？」

そう言って、ジークハルトはソフィアの髪をそっと掬った。

その左手の薬指にはソフィアと揃(そろ)いの結婚指輪が嵌(は)められている。

「！　だ、旦那様。わ、わたくしはそんな、優しくなど……」

みるみるうちにソフィアの頬は真っ赤に染まり、身体も熱くなっていく。

そういった触れ合いは馴染みがあるはずであったが、それでも彼の言葉を受けて今はドキドキと鼓動が波打った。

「君は愛らしいな。……しばらくこの場でこうしていたいところだが、今日はこれから一緒に君に来てほしい場所があるんだ」

ソフィアはキョトンとして、ジークハルトを見つめた。

「来てほしい場所、ですか？」

「ああ」

ジークハルトはそっとソフィアの手を握り、応接間から屋敷の大広間へと移動した。

すると、扉の前に白のワンピースを身につけた黒髪の四歳の娘のルーシーが立っていた。

ソフィアは、五年前のあの王宮での夜会のあと、約三ヵ月後に教会でジークハルトと挙式し、更に一年後に第一子である長女ルーシーを出産している。

また、昨年は第二子である長男スミスを出産していた。

ソフィアは、ルーシーの目線に合わせるようにゆっくりと屈む。

「ルーシー、どうかしたのですか？」

「お母様、サプライズなのです！　この日のためにイメージトレーニングをしてきたのです！」

「サプライズですか？」

「はい！」

そしてルーシーはソフィアの手を握り、ジークハルトと共に三人で大広間へと足を踏み入れた。

「奥様、お誕生日おめでとうございます！」

目前には、トーマスやテレサ、セバスをはじめとする公爵家の使用人らが皆きちんと壁際に立ち並んでいる。

ソフィアは唖然（あぜん）としていたが、白のクロスが敷かれた丸テーブルに沿って置かれた椅子に着席している人々を見ると思わず声を上げた。

「皆様、来てくださったのですか⁉」

見渡してみると、ジークハルトの姉のアリアの家族、それからジークハルトの父親のポールやマジック・ガジェット商会の次席に昇進したオリバーらも来ていた。

他にも、普段からソフィアと親交のある貴婦人らが何人も訪れているようだ。

そして、アリアがスッと立ち上がってソフィアの傍に寄った。

「お誕生日おめでとう、ソフィアさん」

「……!!　お義姉様、ありがとうございます!!」

ソフィアは、アリアから季節の色とりどりの花束を受け取ると、涙が溢れてきて視界がぼやけた。

「ソフィア、これは私からだ。ささやかなものであるが」

そう言って、ジークハルトは煌めく石の付いたネックレスをソフィアの首元に着けた。

それはシンプルなデザインのものではあるが、天然石を一級の職人が手間暇かけて磨き上げた品だということが素人目でも認識できる。

(だ、旦那様。このネックレスはとてもささやかなものではありません……!!)

そう思いながらも、ジークハルトの嬉しそうな笑みを見ているとソフィアの心は温かくなっていった。

「ありがとうございます、旦那様。わたくしはとても幸せ者です」

「いや、俺の方こそ君と結婚することができて幸せだ」

「!!」

心臓が飛び跳ねて、体温の上昇を感じながらソフィアは会場内にふと視線を移すと、皆が温かく見守っていることに気が付く。

(！　わたくしは今、とても幸せです！)

「皆さん、本日はお集まりいただきましてありがとうございます。皆さんにお会いすることができてわたくしは幸せです」

そう言ってお辞儀をすると、会場内から温かい拍手が送られた。

ソフィアは、幸せはいつか必ず消えると思っていた。

だから、いっそそれは手にしない方が幸せなのだとも思っていた。

だが、実際には手にした幸せはきちんと慈しみ大切にすることで、決してなくなることはないのだと実感している。

――なので、わたくしはこの幸せに甘んじず常に自分ができることをしていきたいと思います。

そう心に強く思い、ソフィアはそっと隣に立つジークハルトの手を握ったのだった。

書き下ろし番外編　結婚式

王宮での夜会から約一週間後。

ジークハルトの執務室にて、ソフィアとジークハルトが対面ソファに腰掛け、家令のトーマスが壁際に控えていた。

「今日、君に来てもらったのは、私たちの結婚式について相談をするためなんだ」

「！　結婚式！」

瞠目（どうもく）し思わずその場で立ち上がりそうになったが、すんでのところでどうにか堪（こら）える。

（確か先日の夜会の際に、話題に上っておりました！）

確か夜会のときは「我が家が代々挙式している教会で行う」と言っていたが、それは実際に計画されていたことだったのだろうか。

「ああ。まだこれから詰めていくが、計画書自体は作成し、君への求婚の返事を待ってから話を進めようと考えていた」

「‼　そ、そうでございましたか！」

顔を真っ赤にして両頬に手を当てるソフィアに対して、ジークハルトは優しげな眼差（まなざ）しを向けた。

更にソフィアの体温は上昇するが、壁際に立つトーマスがコホンと咳払（せきばら）いをするとソフィアはハッと我に返った。

「現時点でこのような段取りで進めることとなっているのだが、一度、目を通してもらえないだろうか」

「はい、承知いたしました！」

ソフィアはジークハルトから書類を受け取り、それをテンポよく一読した。

（場所は公爵家邸付近のパティス教会。日取りは今から約三ヵ月後ですね）

更に読み進めていくと、教会での挙式後に公爵家邸で晩餐会を開くとのことだった。

段取りについての細かな予定表や結婚式、及び晩餐会の詳細を確認していくと、招待客の顔ぶれの凄まじさに気が付く。

「こ、国王陛下、妃殿下……!!」

思わず立ち上がり叫んだソフィアに対して、すでに慣れているのかトーマスは表情を変えず、ジークハルトに至っては優しげに微笑んでいる。

二人の様子を受けて、ソフィアは再びハッと我に返り、すうっと深呼吸をした。

（思えば公爵家の結婚式、及び披露宴を兼ねた晩餐会ですから、国王陛下をご招待するのは当然のことなのかもしれません）

そう思うと、少し冷静になり引き続き名簿を眺めた。

（フスト侯爵家、ダニー伯爵家、……この国きっての名家ばかりです……!!）

自覚をすると書類を持つ手が自然と震えてくるが、ともかく意識を保とうと気を強く持ち、何とか読了することができた。

（招待する予定なのは、どこも公爵家と縁のある家のようですね）

そう思ううちふとあることに気がつき、ソフィアは一瞬目を遠くしたのちジークハルトの方に視線を向けた。

「どうかしたのか？」

「は、はい。あの……」

よく考えると言いづらいことでもないのかもしれないが、ソフィアにとって一大事なので、言葉を紡ぐのも慎重になった。

「やはり、わたくしの親族は招待しない方がよろしいのでしょうか」

その言葉に、ジークハルトとトーマスの動きがピタリと止まり、じきにジークハルトが小さく頷く。

「……ああ。先日の一件が起こった以上、中々現状では厳しいところではあるな」

「そうでございますね……」

ソフィアは胸の奥になんともいえない感情が湧き上がってくるのを感じた。

その表情から心中を察したのか、ジークハルトは真摯な眼差しを向ける。

ソフィアの実家であるエリオン男爵家は、先日の夜会にて騒動を引き起こしたことにより社交界から非難の声が次々と上がり、夜会への参加を長期間禁止されてしまったらしい。

また、その件について国王から厳しく追及されたのち責任を求められたので、エリオン男爵は現在タウンハウスにて謹慎をしているとのことだ。

元々、例の「属性変換を考慮せずに作成した魔法式」が引き起こした一件でもエリオン男爵家は世間的に白い目で見られており、更に追い討ちをかけて評判を落とした形になったのである。

そのような事情により、新婦であるソフィアの親族といえども、易々と招待するわけにもいかないのだ。

問題行動を起こす可能性のある姉のリナや母親のマヤも同様であった。

「……あくまでも提案なのですが、わたくしの母方の祖父にレマン前侯爵という方がいらっしゃって、もしよろしければ卿の招待はいかがでしょうか？　一度もお会いしたことはなく気は引けるのですが」

ジークハルトはトーマスと顔を見合わせた。

「レマン前侯爵と君の関係は把握していた。……前侯爵とは実際にお会いしたこともある」

「そうなのですね！」

「ああ。卿とは他派閥のために直接会話を交わす機会はあまりなかったが、人格者であり人望も厚い方だ」

ソフィアは不思議な心持ちになった。

ジークハルトが自分の見知らぬ親族とすでに面会を果たし、その上高い評価をしているからだろうか。

「だが、君とは理由がありこれまで面会することが叶わなかったようであるし、建前よりも君の気持ちの方が大切だ。君に差支えがなければ招待はしない方向で検討しよう」

「旦那様……」

ジークハルトが自分のために気遣ってくれた言葉が心底嬉(うれ)しくて、思わず涙が溢(あふ)れた。

「お心遣いをいただきましてありがとうございます。ですが、わたくしは大丈夫です。実をいうとこの機会にお祖父(じい)様方にもお会いしたいと思っているのです」

「ソフィア……」

ジークハルトは少々思案をしたのち頷いた。

「分かった。ではエドワード。そのように手配を頼む」

「かしこまりました」

そうして、レマン前侯爵家に招待状を送付したのだった。

そして、約三ヵ月後の結婚式当日。

ソフィアは屋敷(やしき)でボディマッサージを受けたのち、ジークハルトと共に馬車に乗り込み教会へと向かった。

「旦那様。今日はよろしくお願いいたします」

「ああ。こちらこそよろしく頼む」

そう言ってジークハルトは、隣に座るソフィアの手に自身の手を重ねた。

「！」

ソフィアは瞠目するが、ジークハルトの表情は変わらず穏やかである。

「君と夫婦になることを公に宣言できるんだ。そう思うと感慨深い」

「！　だ、旦那様……！」

ソフィアは、体温が急上昇していくように感じたが不思議と心は落ち着いていた。

それから教会へと到着するとすぐさまウエディングドレスの着付けを行い、テレサの手でメイクと髪の結い上げが施された。

また、ウエディングドレスは以前ジークハルトと共に訪れた仕立屋「マーガレット・クーチュリエ」のデザイナーを屋敷に呼び寄せデザインから行ったもので、生地や刺繡、宝飾等、どれ一つとっても最高級の特注品である。

「奥様、とても素敵です！」

「テレサさん、ありがとうございます」

「……わたくしはこの日が来るのを待ち望んでおりました。奥様の晴れ姿を見ることが叶い、幸せです」

そう言って涙ぐむテレサを見ていると、ソフィアは胸の奥が熱くなるように感じた。

そして、支度を終えると控え室をタキシード姿のジークハルトが訪れ、テレサは退室した。

「綺麗だ、とても」

「旦那様……」

ジークハルトは他にも何かを紡ごうとしたが、敢えてなのか優しげな眼差しを向け、そっと自身の指先でソフィアの頬に触れたのだった。

結婚式が始まり、レマン前侯爵夫妻は宣誓のあとジークハルトがソフィアの左手の薬指に結婚指輪を嵌(は)めるところを、心に刻むように見届けていた。

二人はお互いの指に指輪を嵌めると、仲睦(なかむつ)まじく穏やかに微笑み合った。

前侯爵夫妻は、先日送られてきた結婚式の招待状に添えられたジークハルトからの手紙を読み、この式への出席を決めたのだった。

これまで彼らは孫娘であるソフィアと一度も会ったことがなかった。

というのも、これまで避暑のために何度か娘のマヤが里帰りした際、ソフィアの姉のリナや弟のシリルは連れてきていたのだが、ソフィアだけは連れてきたことが一度もなかったからだ。

その理由を訊(き)いたところ、「ソフィアはどうしても来たくないと駄々をこねている」と説明を受け、会えないことを残念に思い、人形やドレス、焼き菓子などの手土産を用意して持たせていたのだが、ジークハルトの手紙によるとそれはどうも一度もソフィアに手渡されたことはなかったらしい。

それどころか、エリオン男爵家でのソフィアへの酷(ひど)い仕打ちを知り、前侯爵は怒りで頭に血が上った。

彼は手紙を受け取ったあとすぐさま王都のタウンハウスへと居を移し、娘のマヤを呼び出して強く叱責したときのことを思い出していた。

「お前は今まで何をしていたのだ！　このような仕打ちを受けてソフィアが傷つかないとでも思ったのか！　お前はとんだ恥しらずだ！」

マヤは無表情であったが、しばらく沈黙したのちポツリと言葉を紡いだ。

「わたくしは完璧でなくてはなりません。エリオン家に嫁入りする際にもお父様から『エリオン家は大魔法使いを輩出した名門家である。決して恥を晒すようなことはせぬように』と言われておりましたので」

「それは魔力なしを出産した事実をなかったことにしろという意味では断じてない！」

「本当にそうでしょうか」

臆せず発言する娘に、前侯爵は内心で舌を巻いたが更に言葉を重ねた。

それでもマヤに動じた様子はなかったが、彼女はふと視線を落とす。

「わたくしは、お父様のお言葉を常に念頭において男爵夫人として立ち振る舞ってきたつもりです。……あの子を出産した頃旦那様の功績が認められ陞爵の話があったのです。そんな大切なときにわたくしが魔力なしを産んだなどと……」

「馬鹿なことを」

そう言い切ったが、前侯爵は確かその話は結局王家に不幸が起こり保留になったことを思い出す。

「家庭内でいないもののように扱ったとて、出生の事実も魔力診断の記録も覆せない。そのことは充分承知であったろうに」

「それは……、わたくしにも本当はあの子を認めたい気持ちがどこかにあったのかもしれません。だからぬいぐるみを……」

「ぬいぐるみ？」

「……」

それ以上は口を閉ざした娘に対し、前侯爵が退室するように促すと、マヤは呟くようにある提案をしたのだった。

◇◇

（承知してはおりましたが、結婚式及び晩餐会が改めてこのようにコミュ力が必要なイベントだったとは！　それに、今更ですがわたくしが、その、け、結婚……！）

ソフィアは、それ以上はキャパオーバーになり考えられそうになかった。

あれから、教会での挙式後に開催された晩餐会も終了し、現在は中央玄関にてゲストを見送っているところである。

最後のゲストを送り出すとジークハルトが声をかけた。

「ソフィア、君の立ち振る舞いは見事だった。感謝する」

「い、いえ！　わたくしの方こそ感謝しております！」

そう言ったあと、ジークハルトがそっと真剣な眼差しを向けたので、ソフィアは察して小さく頷いた。

「それでは参りましょう」

「ああ」

そうして二人は一階の客間へと赴き、レマン前侯爵夫妻と対面した。

「お祖父様、お祖母様。本日はよくお越しくださいました」

「ソフィア。今まで申し訳なかった」

入室するとすぐさま祖父母に頭を下げられたので、ソフィアは慌てて頭を上げるように促し、彼らからこれまでの経緯の説明を受けた。

「そうでしたか……」

「だからと言って、それは私たちが君の状態を把握し救出できなかったことの理由にはならない」

そう言って夫妻は立ち上がり、綺麗な姿勢でまた頭を下げた。

「お祖父様、お祖母様、頭をお上げくださいませ。……過去に対して全く遺恨がないと言ったら嘘になります。ですが、こうして事情を説明してくださり、わたくしたちの結婚式に出席していただいたことに感謝しております」

そう言って微笑むソフィアに対して、前侯爵は目を細め小さく息を吐き出した。

「このようなことを言う資格は私にはないのだが、君は本当に素晴らしい女性に成長してくれた。

……これを渡すかは迷ったのだが、やはり渡すことにしよう」

そして、「見送りはここで結構」と言って退室していく祖父母を見送り、ソフィアは手渡された花束とメッセージカードを手に取った。

「こちらはお祖父様とお祖母様からの贈り物でしょうか？」

メッセージカードを一読すると、ソフィアは瞠目した。

その様子に、隣に座るジークハルトは心配したのかソフィアの肩にそっと手をかけた。

ソフィアは目を細めると意を決してそのカードをジークハルトに手渡した。

「よいのか？」

「はい。もしよろしければ、ご覧いただきたいのです」

彼がそれを一読している間、ソフィアはカードに書かれていた文章を思い起こす。

『あなたがペナルティをカバーし強く生きていることを知り、自分が愚かだったことを思い知りました。ですが、わたくしにはあなたに対して謝罪をする資格もないと思っています。常に心に留めて生きていきます』

ソフィアはおそらくそれは母親からのメッセージなのだと思った。

「お母様……」

目前のテーブルには、先ほど前侯爵が置いて行った赤いスイートピーの花束が置かれていた。

「お母様にはどのような意図があるのでしょうか……」

正直なところ、これまでのことを考えるとマヤは男爵家のために何かを企んでいるのではないかと思ってしまう。

「……実は、君に黙っていたことがあるんだ」

「それは、どのようなことでしょうか」

「前侯爵から君の母君が俺たちの結婚式を見届けたいと希望していると話を受けた。母君は決して表には出ないと約束したので、控え室の窓から式の様子を見ていたはずだ」

「……そうだったのですね」

ソフィアはその説明を聞きストンと腑に落ちた。

きっとジークハルトのことであるから、マヤには監視者を配置して対応したのだろう。

そして改めてメッセージカードに視線を移す。

「……赤いスイートピーの花言葉は門出、そして別離」

母親は別れを切り出して来たのだろうか。

だが、これまで散々いないように接せられて別離とは、なぜ今更という気持ちが湧き上がった。

ジークハルトはソフィアを自身の胸に抱き寄せる。

「母君の意図は不明だが、たとえ何か意味があったのだとしても過去は決して覆らないし、無理に許すことはない」

ジークハルトの言葉にソフィアは胸がジンと温かくなり目の奥がツンとなった。

気持ちが軽くなったからか、ふとあることに気がつく。

（もしかしたらお母様は、エリオン男爵家の現状と向き合おうとしているのかもしれません。わたくしからの手助けは不要だと……）

そう思うと、ソフィアはこの花の一部をドライフラワーにして取っておこうと考えた。

そして、ソフィアはジークハルトを見上げ、涙を浮かべながらそっと微笑んだ。

「旦那様。これからもよろしくお願いいたします」

「ああ。……君と一緒になることができて俺は幸せだ」

そうして二人の幸せな時間は続いていく。

あとがき

はじめまして、清川和泉と申します。

この度は『1年間お飾り妻のお役目を全力で果たします！　～冷徹公爵様との契約結婚、無自覚に有能ぶりを発揮したら溺愛されました!?～』をお手に取っていただきまして、誠にありがとうございます。


本作は、お飾り妻として励むソフィアと、そんな彼女に徐々に惹かれていく冷徹公爵のジークハルトの二人が中心となって織りなしていく物語です。

「幸せになることをあきらめてしまった主人公が、徐々に幸せを手にして、戸惑いながらもそれを受け入れていく物語を書きたい」と思い、始めた今作ですが、お楽しみいただけましたでしょうか？

もし、お飾り妻の役目に真っ直ぐに励むソフィアの姿勢に、何かを感じていただけましたら幸いです。


イラストをご担当くださいました、藍原ナツキ先生。

非常に美麗なイラストで、本作を彩っていただきました。

表紙に描かれたソフィアとジークハルトを初めて拝見した際には心が躍り、二人が実際にその場にいるかのような感覚を抱きました。

特に本作は、話が進行するにつれて主人公ソフィアの衣装が変化していくのですが、衣装や小物を含めてとても素敵なソフィアを描いてくださいました。

藍原ナツキ先生、本当にありがとうございました。

お声がけくださいました編集者様、今作をｗｅｂの世界から連れ出していただき、誠にありがとうございます。

また、ライトノベル出版部の皆様、校閲、出版、販売に携わったすべての皆様に心から感謝申し上げます。

本作をお読みくださった方に、少しでもお楽しみいただけましたら、作者として無上の喜びでございます。

２０２４年１月　清川和泉

1年間お飾り妻のお役目を全力で果たします！
～冷徹公爵様との契約結婚、無自覚に有能ぶりを発揮したら溺愛されました⁉～

清川和泉

2024年2月28日第1刷発行

発行者	森田浩章
発行所	株式会社 講談社 〒112-8001　東京都文京区音羽2-12-21
電　話	出版　(03)5395-3715 販売　(03)5395-3605 業務　(03)5395-3603
デザイン	山田和香＋ベイブリッジスタジオ
本文データ制作	講談社デジタル製作
印刷所	株式会社ＫＰＳプロダクツ
製本所	株式会社フォーネット社

KODANSHA

ISBN978-4-06-533917-6　N.D.C.913　275p　19cm
定価はカバーに表示してあります

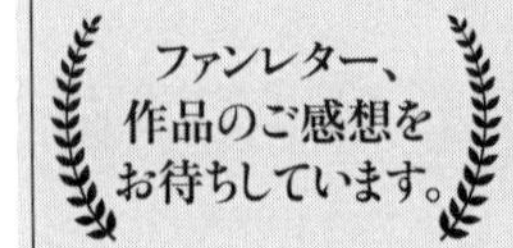

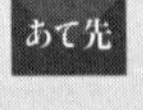

〒112-8001　東京都文京区音羽2-12-21
（株）講談社　ライトノベル出版部 気付
「清川和泉先生」係
「藍原ナツキ先生」係